僕は
失くした恋しか
歌えない

僕は失くした恋しか歌えない　小佐野弾

新潮社

目次

僕は失くした恋しか歌えない

序、ほとりぐらし

「ダン君はさ、俺に恋をしてるんじゃない。恋に恋してるんだよ」

一番好きだったひとから、フラれるときに言われた言葉だ。そんなに昔のことじゃない。つい五年前の、夏のことだった。

大手インターネット関連企業から派遣されて台湾に駐在していた同い年の彼は、ものすごくイケメン、というわけではなかった。ただ、ベビーフェイスなのに、どこか思慮深げな表情が魅力的で、たまに発するひとことに、箴言《しんげん》めいた深みがあった。

自分がおしゃべりで落ち着きがないぶん、昔から、物静かな、いわゆる「雰囲気イケメン」が好きだ。彼はまさに、そんなひとだった。

「俺、資本主義って嫌いなんだよね」

僕にそう告げたとき彼はすでに会社を退職して独立し、自らＩＴベンチャーを興して成功のビッグウェーブに乗りはじめていた。

資本主義市場経済のド真ん中で、台湾や中国、はたまた欧米の企業や顧客を相手に、堪能な英語や中国語を駆使してバリバリ稼ぐ。精巧に作られたパワーポイントの資料を、愛用のマックブックで操作しながら、大勢の外国人投資家の前で、自社の強みを滔々《とうとう》と説明する――。

自分も経営者の端くれだというのに、機械音痴にくわえて数字音痴の僕は、そんな彼の雄姿に、とてつもなくあこがれた。

グローバル資本主義の申し子のような男。

それなのに、資本主義が嫌いだと言う男。

彼のかかえるそんな矛盾すらも、僕にとっては美点だった。

僕は子供の頃から、二元論が苦手だ。女と男、右翼と左翼、保守と革新、善と悪。あらゆる二元論が、僕たちの生きる世界を息苦しくしていると感じながら生きていた。

擁《いだ》きあうときあなたから匂い立つ雌雄それぞれわたしのものだ

たったひとりの肉体や精神のなかに、女がいて、男がいる。善があって、悪がある。誰もかれもが、こころのなかに、もやもやとしたグラデーションを抱えて生きている。とはいえ、「矛盾」を引き受けながら生きることは、実はけっこう勇気がいる。彼は、そんな勇気の持ち主だった。二元論の息苦しさから、自らを解放していた。だから、僕は彼を好きになったのだ。

彼はゲイではなかったけれど、ダメ元で気持ちを伝えてみたら、なんと受け入れてもらえた。予想外の展開に、頭がほとんどついていかなかった。当然ながら、僕は狂喜乱舞した。毎日が有頂天。恋ってなんて素敵なんだろう！

当時僕は、台北市の中心から少し離れた郊外の、湖のほとりに住んでいた。あこがれのひとの恋人になれたことを思うと、澱《よど》んだ亜熱帯の湖面が、きらきらと輝いて見えるほどだった。

僕は中学のころに歌を詠みはじめた。高校に上がってからも、時おり胸に沸き起こる狂おしい思いを解放したくて、下手くそな歌を詠んでは学内誌に発表したりしていた。大学と大学院での研究生活を経て、会社を経営するようになってからも、折に触れて歌は詠んでいた。でも、のめりこむ、というほどにはならなかった。歌は僕にとって、日常のため息のようなものだった。生活のなかでのちょっとした気付きや鬱憤《うっぷん》。あるいは、ささやかだけれど美しい草花にめぐり合ったときの、一瞬の感動……。そういう些細なものたちを残したいと思ったときに、手帳の隅や携帯電話のメモ機能に書き留める程度だった。

ところが彼と付き合うようになって、どうにもこうにも歌が詠みたくてしかたがなくなった。いや、どうしても歌が必要になったのだ。彼と会うたびに。あるいは彼のことを思うたびに、心の奥底でマグマのように滾《たぎ》りはじめる激しい感情は、どうしても歌でしか言えない、と思った。

僕は毎日スマホのメモに三十一文字を打ちつづけ、ひと月に三百首以上うまれたこともあった。そして気づけば、歌誌の同人になり、歌を発表するようになっていた。

この広い世界できっと君だけが揺らせるわれの胸の喫水

いま改めて読み返すと、なんて稚拙な歌だろう。いまの僕ならば、せめてもう少しマシなうたいかたができるはずだ。正直、恥ずかしい。けれど、どうしても嫌いになれない歌である。五年前のあのころ、僕の胸の喫水線を揺らしていたのは、たしかに彼だったから。


そんな大好きな彼から、突然別れを切り出された。

ええ！　なんで！

混乱し、顔が真っ青になった僕に対して彼が言い放ったのが、冒頭のセリフである。うだるように暑い盛夏の昼さがり、湖にかかる太鼓橋のたもとの東屋で、ふたり水面《みなも》をながめているときのことだった。

恋に恋？　そんなことない！　俺が恋しているのは、おまえだよ！

必死に訴えたけれど、彼は僕のもとを去っていった。

それから二日間、僕はわんわん泣いた。三十路を過ぎた男が、ベッドの上でひねもす泣き続けたのだ。傍から見れば、さぞ滑稽だっただろう。つくづく、一人暮らしで良かった、と思う。

恋に恋していたならば、こんなに泣けるはずないじゃないか！

こころのうちで、叫んだ。叫びながら、泣いた。

でも、いまなら、それが詭弁だとわかる。

そう、僕は、恋に恋をしていた。

もっと正確にいうならば、恋する自分に酔っていた。恋に泣く自分に恋していたのだ。

一、恋に恋せよ！

性愛の対象が同性であることに気づいたのは、中学生のころだった。

きっと、あの時分から、僕は恋に恋をしていたのだと思う。

当時はインターネット黎明期。ブラウザを開いて、ネットサーフィンをしていると、男性同士の恋愛や性について書かれた小説やマンガを読むことができた。いわゆる、ＢＬというジャンルだ。

書店にも、かならずＢＬのコーナーがあって、ときおりこっそり覗いては、ドキドキしながら一冊二冊と手に取って、買って帰ってむさぼり読んだ。

本のなかでは、見目麗しい美少年や美青年のキャラたちが、もがき、苦しみ、葛藤しながら、甘酸っぱい恋模様を繰り広げている。僕はたちまち魅了された。

ああ、恋ってすばらしい！


夕ばえの雲のごとくに燃えながら恋に恋せよ！　十五のわれよ

同じ美術部にいた、同性の先輩への恋心を、僕はずっと許されないものだと思ってきた。

テレビのバラエティ番組では、グロテスクなゲイのキャラを演じるお笑い芸人が、「ホモ」をネタにして笑いを取っていた。

ところが、ＢＬマンガや小説のなかでは、あたりまえのように男同士で恋愛をしている。異性愛者だったはずの主人公が、あれよあれよと同性と恋に落ち、紆余曲折はありつつも、当然のように結ばれる。

思春期の未熟なこころは、夢と現実の境目を、たやすく見誤ってしまいがちだ。僕は、ＢＬの世界と、現実の世界の区別が、徐々につかなくなっていった。

夏休み、合宿で先輩と同室になった。信州の山荘の狭い部屋でふたりきり、というシチュエーションの非日常感もあいまって、僕は完全に現実を見失っていた。

「俺、先輩のことが好き」

夜、お風呂から帰ってきた先輩が、ベッドに寝転がり携帯用ゲーム機を取り出してゲームをし始めたとき、僕は思わず気持ちを吐露してしまった。

先輩が、目を見開く。精悍《せいかん》さと、思春期の少年らしい繊細さを兼ね備えた美しい顔に、やわらかな笑みが浮かぶ。

「俺もだよ。俺もずっと、おまえのことが気になってたんだ。嬉しいよ」

先輩は、僕の座るベッドへとやって来て、やさしく抱きしめてくれた……なんてことには、もちろんならなかった。

先輩が、やさしいひとで良かった。

彼はただ、「そっか。ありがとう。でも、俺は気持ちに応えられない」と、なんでもないことのように言ってのち、黙々とゲームを再開した。

僕は、はじめて失恋を知ったのだった。

ところが、失恋の経験は、僕をさらなるファンタジストへと育んでゆく。

現実の世界で負った傷を、ファンタジーの世界で癒やす。いわゆる「二次元」にハマるひとの心理は、だいたい同じなのでは、と思う。自宅の勉強机のひきだしに、教室の机の奥深くに、ＢＬ本がどんどん増えていった。

先輩に失恋したのちも、同級生に気になる子ができたりした。とはいえはじめての失恋で、夢と現実の別を思い知ったばかりの僕は、もう二度と同じあやまちは繰り返すまい、と思っていた。たとえ学校で誰かを好きになったとしても、かならず胸のうちにとどめること。同性愛者であることなんて、絶対に知られてはいけない。

辛くなったら、本屋に行けばいい。ＢＬマンガや小説をひもとけば、そこには僕を癒やしてくれる、きゅんきゅんするような恋が、あふれているんだから。

ところが僕がファンタジーの世界に閉じこもり続けるのを許してくれるほど、中学校は甘い場所ではなかった。都心の共学校ということもあり、同級生たちはどこかませていて、三年生ともなれば、話題は恋のことばかり。

ダンって、女に興味なさそうだよね。

うん、わかるー。あ、ひょっとしてホモなんじゃない？

あはは、あいつならあり得るわ！

……。

廊下や教室の隅のさざめきは、当然僕の耳にも入ってくる。やばい、やばい。僕も女の子に恋をしなくては。普通の恋を、しなくては。だけどどうしたらいいんだろう。

まぼろしの恋のはなしのさざめきに上唇が黒ずんでゆく

「普通の恋」へのプレッシャーが、日々強まってゆく。ところがどう頑張ってみても、女の子との恋愛が想像できない。あの先輩の、やさしい横顔を思い出すと、胸がどうしようもなく苦しくなるのに、クラスで一番かわいい、と男子たちが騒いでいるレナちゃんの顔を思い浮かべても、僕のこころは波立たなかった。

嘘も、たくさんついた。

好きなタイプの話になれば、流行りの女優やグラドルの名前を、したり顔で出してみたりした。レナちゃんの名前も、申し訳ないけれど、何度か使わせてもらった。そのたびに、こころのなかの大事な部分が、じわじわ溶かされてゆくような心地がした。

悩み多き日々のなかで、ちょっとした事件が起きた。

当時はいまのようにジェンダーの平等が叫ばれる時代ではなかったから、僕の通っていた学校では、あたりまえのように「女子は家庭科、男子は技術」というカリキュラムが組まれていた。

男子が技術室で万力や糸鋸《いとのこ》を駆使して、椅子やら机やらを作っているあいだ、女子は教室に残って、裁縫や料理のいろはを習うのだ。いま考えてみれば唖然《あぜん》としてしまうようなジェンダー意識の低さだけれど、あのころはそれがあたりまえだった。

僕の学校の男女比は、約3対2だったので、「技術・家庭科」の時間には、通常四十人以上がいる教室に、十数人の女子が残るのみとなる。授業を効率的に進めるために、家庭科のとき女子は、教室の前方に集まって座るように指示される。

つまり、普段は別のひとが使っている席に座ることになるのだ。

あの日も、僕が技術室でベニヤ板と格闘しているあいだ、教室では家庭科の授業がおこなわれていた。僕の席に座ったのは、同じ附属の小学校から進学してきた、比較的仲のいい女の子。

どういうわけか知らないけれど、彼女はその日にかぎって、僕の机のなかを漁ってみたらしい。するとびっくり！　男同士の、キワドいイラストが表紙のマンガや文庫本が、どっさりと見つかった。

ちなみに僕の学校には、いわゆる「校則」がなかった。マンガや雑誌の持ち込みも禁止されてはいなかったし、制服すら、着ても着なくても自由だった。だから、机のなかにＢＬマンガを隠しておいたとしても、学校の規則に違反しているわけではない。

しかしこのとき、僕の机のなかには、もっとヤバいものが入っていた。

自分で書いた、「ＢＬ小説もどき」である。

「先生、オサノ君の机からなんかすごいもの出てきちゃった……」

家庭科の授業で僕の机に座った女の子は、あろうことか、思春期の僕の妄想が書き連ねられたノートを、先生に渡してしまったのだった。

しかも、悪いことに、僕が「ノート」に書いていた「小説もどき」は、何人かのイケメンな同級生をネタにしていた。


メデューサのようにはだかり女教師《せんせい》は咎めき僕の性のゆらぎを

オサノ君、ちょっと……。声をひそめた先生に呼ばれた。

技術の授業で、不得手な木工作業を終えたばかりの僕は、へとへとに疲れていた。

なんだよ、めんどくせえな。

ぼやきながらも、根がビビリな僕は、言われるがまま先生について中庭にいった。この時点で僕は、先生が出席簿の下に、例の「ノート」を隠し持っていることに、気づいていない。

たぶん、五月か六月だったと思う。立ちはだかる先生の頭上に、抜けるような青空がひろがっていたのを、覚えているから。

「あのね、あなたを責めているわけじゃないの」

ここまで言われても、僕はまだ状況をいまいち把握できていなかった。

なんのこと?

きっと、僕は怪訝《けげん》な顔をしていたのだろう。先生はおずおずと、黒い出席簿の下から「ノート」を出した。

「思春期だからね、色々あるのはわかるの。でもね、こんなものを書いていたら、あなたはまわりからとんでもない色眼鏡で見られてしまうのよ。わたしは、それが心配なの」

そこから先は、記憶があいまいだ。でも、「血の気が引く」というのは、こういう感じのことを言うんだなあ、と、遠のく意識のなかで思ったことが忘れられない。

教室に戻ると、何人かの女子が、僕の顔を見てひそひそと話をしているのが目についた。いや、ほんとうは僕のことなんか、話していなかったのかもしれない。でも、先生に「ノート」を突きつけられたあの瞬間から、僕はクラスの全員が、僕をわらっている気がするようになった。

色眼鏡。

先生は言った。でも、色眼鏡ってなんだよ。

聞き慣れない言葉を頭のなかで反芻《はんすう》しながら、僕は、僕のあこがれる恋のカタチが、許されないのだ、ということをぼんやりと理解した。同性の先輩に恋をしたのも、やっぱりいけないことだったのだ。

それでも、「恋」にあこがれる気持ちは高まるばかり。

同級生たちは、彼女や彼氏とデートをしたり、セックスをしたりしていた。

ある日、クラスの女子生徒たちが、教室の隅に集まって、さめざめと泣くひとりの女の子を慰めていた。なんでも風のうわさでは、卒業して附属の高校に進学した先輩と付き合っていたけれど、のっぴきならない事情で別れることになったらしい。

……いいなあ。

泣いている子には申し訳ないけれど、そう思った。別れ話ですら、別れる相手のいない僕には羨ましかった。

僕だって、そういう恋がしてみたい。クラスの男子や先輩と、甘酸っぱい恋がしたかったのだ。


ドキドキしながら、好きだ、と伝える。

すると彼も、おまえが好きだと言ってくれた。

わたしは、身を震わせた——。

恐れと期待がないまぜになった、高鳴る胸を抱えながら、親に隠れてこっそり一夜を共にした。

ところが若い身空では、いかんともしがたい事情がうまれて、やがて別れが訪れた。

打ちひしがれて泣いていると、クラスの子たちが心配して、慰めにきてくれた。

だいじょうぶ、もっといいひと見つかるよ。

ひどいよね、こんなかわいい子を捨てるなんてさあ！

きっと相手が後悔するよ——


こんな感じの一連のながれが、僕にとっての「恋のイメージ」だった。青春とは、こういう切ないものがたりの上に、成り立つものにちがいない。そう信じていた。

恋に彩られた青春への渇愛は、募ってゆくばかりだった。

そのころインターネット上には、ゲイのひとたちのための出会い系掲示板が、ちらほらと見られるようになっていた。

〈一七五センチ、六十キロ、十五歳の中三です。髪は長めの茶髪で今風です！　あまり年上過ぎないひとで、会える方いたら、よろしくおねがいします。同年代くらいだと嬉しいです〉

学校での「普通の恋」をあきらめた僕は、インターネットという文明の利器を活用して、恋をしてみようと思い立った。

児童ポルノ禁止法が施行され、青少年健全育成条例なども厳しくなった今日からしてみれば、われながらなかなかリスキーなことをしていたものだ、と背筋が寒くなる。良くも悪くも、ユルい時代だったのだ。

当時は携帯もまだそんなに普及していなくて、やっと「ナンバー・ディスプレイ」（かけてきた相手がわかる、という機能。いまではあたりまえだが、当時としては画期的だった）が普及しはじめたくらいだった。

写メなんてもちろんないから、出会い系で連絡を取って会うことになった相手の容貌は、実際に会うまでわからない。

待ち合わせ前日の夜、相手からパソコンにメールが届く。

〈明日は楽しみにしているよ！　四時にモヤイ像の前で待ってます！　俺は、赤いライダースジャケットに、普通のジーンズ穿《は》いています。バッグは黒いトートで、髪は金髪に近い茶色だよ！〉

こんな感じで服装やヘアスタイルについて書いてあって、電話番号が付されている。携帯がなかったころよりはだいぶマシだったのだろうけれど、それでもスマホがある現代に比べたら、会うのはけっこう大変だった。

約束の時間に、あえて少し遅れるように、待ち合わせ場所に向かう。こちらの服装やヘアスタイルも相手に伝えてあるから、先に着いてしまうと、すぐに見つけられてしまう。小狡《こずる》い性質《たち》だった僕は、待ち合わせ場所近くの物陰から、まずはこっそり相手を見極めることにしていたのだ。

「……もしもし？　もう着いてますか？」

渋谷駅に着いて、モヤイ像の近くの壁の裏から、小声で相手に電話をかける。

「うん、いまモヤイ像の前にいるよ。そっちは？」

「すみません、あと五分くらいで着けると思います！」

電話をしながらこっそり様子を窺っていると、メールに書かれていたのとは似ても似つかない容貌の男が、携帯電話片手に、真っ赤なライダース姿でモヤイ像の前でそわそわしている。

え、あれはムリ！　ハタチだって言ってたのに、絶対三十は超えてるだろ……

電話を切った僕は、すぐに相手を着信拒否して、渋谷駅から逃げ去ってゆく――。

こんなロクでもないことを、しょっちゅうやっていた。

当時、僕と連絡を取ってくれていた男性の皆さん、ごめんなさい。

どうしても恋がしてみたくて、恋人を持ってみたくて、こんな「遊び」を繰り返していた。

そしてついに、ひとりのひとと実際に会ってみたのだった。

相手は十九歳の、商船大学生。メールでやりとりしていても、やさしく頼りがいがある感じで、けっこう馬があった。

なにより、情報に具体性があった。嘘をついたり、年齢を詐称している様子が見られない。

待ち合わせ場所は、いつもの渋谷、モヤイ像前。僕は初めて、相手よりも先に着いていた。

午後四時半。

あらわれたひとは、想像したほどイケメンではなかったけれど、それまで連絡を取ってきたひとに比べれば、かなりいい感じ。それに、彼はちゃんと十九歳の見た目だった。

ファッキンだったかミスドだったかは思い出せないけれど、ふたりでお茶を飲みながら話をした。その後、しごく自然とラブホに向かう流れになった。いや、自然と言ったら嘘になる。僕はとにかく、セックスをしてみたかったのだ。BLマンガや小説で描かれているような、イケメンとの甘くてとろけるようなセックスを。だから、あれは僕が誘ったのだと思う。

しつこいようだが、当時はとにかくいまよりも、なにもかもがユルかった。身分証での年齢確認など、された覚えがない。タスポなんかもなかったから、街なかの自動販売機で、中坊があっさり煙草を買うことのできた時代である。

ましてや僕の学校は、制服がない。そして僕の身長は、一七五センチ。顔立ちも大人びていたから、ラブホには何の問題もなく入ることができた。

〈ご休憩・二時間〉終えてもう全部わかったような顔して駅へ

はじめてのセックスは、ただ痛くて、つらいだけだった。

そもそも何の知識もないのだ。それは相手も同じだったけれど。

ベッドに敷かれたシーツの赤が、いつまでもまなうらから消えてくれなかった。

痛いのは、身体だけではなかった。

「いけないこと」をしてしまった罪悪感で、胸が痛かった。

ひょっとしたらこれは、先輩への恋心よりも、もっとずっと「いけないこと」だったのではないか。母にバレたらどうしよう。ひきだしの奥のBLマンガや小説が見つかってしまうよりも、はるかに、失望させ、傷つけるかもしれない——。

幼少期に両親が離婚していて、母子家庭で育った僕は、とにかく母にすべてが露見するのが怖かった。母に失望され、母から見放されるのが、怖くて怖くてしかたがなかった。

胸が、悲鳴をあげていた。

なにより、はじめての性行為は、僕が思っていたのと「なにか」ちがった。

恋が、うまれなかったのだ。

BLマンガだったなら、コトが済んだあとに彼がやさしく僕を抱きしめ、「愛してる」とか「かわいいよ」だとか囁いてくれるはずなのに。そんな甘い時間は、一秒もなかった。

ＢＬマンガや小説で、幸せに結ばれるふたりは、かならず「自然」に出会っていた。同級生だったり、あるいは、街のパン屋でばったり出会ったり。

インターネットを介した出会いは、まったく自然じゃなかった。作為的な出会いの果てに、ＢＬみたいな恋はなかった。

虚無と失望、そして恐怖が渦巻く胸の激しい痛みに耐えながら、僕は渋谷駅へと走った。

まだ恋を知らざる胸を、ししむらを、成長痛が引き裂いてゆく

どうすればいいんだろう。どうすれば、自然に出会って、自然に恋ができるのだろう。どんな相手と一緒になれば、母や家族みんなが僕の恋を祝福してくれるのだろう。

乗車率百五十パーセントの車内で、僕は必死にイケメンを探した。もしここで、誰かと目が合ったなら、きっと僕たちは恋に落ちるんだ。

「君、かわいいね」

かっこいいお兄さんが、僕を見初《みそ》めて声をかけてくれる。

「俺も、ずっとさっきから気になってました……」

顔を赤らめて答える僕に、お兄さんはやさしく微笑みかけて、そっと携帯番号を書いたメモを渡してくれる――

中学生の妄想は、とどまるところを知らない。

もちろん、そんなかっこいいお兄さんは、新玉川線の車内には、いなかった。

僕は叫び出したかった。
恋がしたい！　僕は、恋がしたいんです！
あの日のこころの叫びの余韻が、いまも胸に残っている。

二、アイコちゃんと僕

誰にでも、どうしても忘れられないひとがいる。

僕にも、もちろんいる。二十年近くにわたり、僕のこころに狂おしく巣くい続けて、いまもってなお消えない面影がある。

彼女は、果たしてなんだったんだろう。天使のように現れて、綿毛のように儚《はかな》く消えてしまった、あのひとは。


うらめしいほどに真白き右頬を盛夏葉月の夜《よ》の夢に見き

中学を卒業し、僕は附属の高校にエスカレーター式で進学した。

通う校舎は変わったけれど、僕は中学時代と変わらず、自身のセクシュアリティへの悩みと、恋に恋する苦しさで張り裂けそうな胸を持て余していた。

学校を真っ先に出て、巷《ちまた》で出逢った遊び仲間たちと夕暮れの繁華街にたむろし、そこで出くわした名も知らないひとと仲良くなって、いっしょに公園で酒を飲んだり、原チャリの後ろに乗ってはしゃいだり。

高校二年生、十七歳になったばかりの僕は、そんなちょっとただれた生活を送っていた。

その日も、校舎から一刻も早く去って、横浜で仲間と落ち合おうと急いで下校していた。

高校は、都心の中学からはかなり離れた、湘南の田舎の小高い丘の上にあった。下校時には、麓《ふもと》のバス停まで、采振木《ざいふりぼく》（だったと思う）と花水木《はなみずき》（だった気がする）が立ち並ぶ坂道を下ってゆくことになる。小走りでバス停へと向かう僕の背中に、

「お、ダンじゃん」

と声がかかった。

附属の小学校の時分からよく知っている先輩だ。〝先輩〟とはいえ、彼は〝同級生〟でもある。年齢はふたつ上。とても穏やかでありながら、心底ロック・ミュージックを愛しているひとで、音楽活動にかまけるあまり、成績と出席日数が足りなくなって、二度留年していた。結果、ふたつ年下の僕と同級になっていたのだ。

先輩のとなりには真っ白な肌につやつやの茶髪がよく似合う、とても美しい少女が立っていた。見覚えがあるのだけれど、名前は知らない。


葉を揺らすような声もてさやさやと名を告げてのち下を向きたり

「あの……、ダンくん、だよね。はじめまして。アイコです」

ああ、その名前、どこかで聞いたことがある。そうだ。何人かの男子が、「かわいいけどヤバいヤツ」と噂していたんだっけ。

「うん、顔は知ってるよ。たまに、学校で見かけるからね」

あまりに頼りない小さな声での自己紹介に、僕は少し大きめの声で応じた。


はつ夏のすべての白が手繰られて君の手足につながっている

当時は、ルーズソックス全盛期だった。僕の通っていた高校もまた、附属の中学と同様に校則がなかった。制服も、基本的には自由。とある有名女優の通う品川の女子高の制服が「カワイイ」と人気を博していたころで、女子たちはその学校の制服を真似たり、思い思いの格好を楽しんでいた。スカートの丈は、膝上三十センチが当たり前。ルーズソックスも、延ばすと二メートルを超えるような「スーパールーズ」が王道だ。

似合っている子ももちろん多かったけれど、ブームに乗り遅れないために無理やり履いている子なんかは、ダボダボの靴下をイマイチ着こなせていなかった。

そんななかで、先輩の連れて来たアイコちゃんは、抜群にルーズソックスが似合っていた。ピンクのシャツの胸元は大胆に開けられ、学校指定のチェックのプリーツスカートは、ぎりぎりの短さ。彼女のファッションは、まさしく「ザ・平成の女子高生」だ。それなのに、ささやくような声や、透き通るような肌から滲み出る存在感がとにかく儚かった。


明け方の雷鳴のごと「ともだち」という語が夏の脳《なずき》をめぐる

「突然なんだけどさ。ダン、彼女のともだちになってやってよ」

先輩からの言葉は意外で、唐突なものだった。「ともだちになってやって」なんて頼まれるのは、幼稚園のとき以来のことだったから、僕は少し面食らった。先輩のとなりで、アイコちゃんは恥ずかしそうに下を向いている。

僕の高校には、帰国子女が多かった。全校生徒のおよそ半分近くが海外生活を経験している。担任も、外国人だったり日本人だったりまちまちだ。

彼女も帰国子女のひとりで、幼稚園から小学校卒業までをアメリカで過ごした。日本に帰って来て、僕と同じ学校に入ったものの、環境のちがいもあって、心身の調子を崩してしまったらしい。結果、学校にあまり来られなくて、出席日数が足りず留年してしまっていた。同級生はみな年下で、新しいクラスにはまったく馴染めないという。

紹介してくれた先輩の方は、社交的なうえに、留年も二回目だからすっかり〝留年慣れ〟している。年下の同級生ともすぐ打ち解けて、音楽仲間やバンド仲間をつくり、留年生活をエンジョイしていた。アイコちゃんは、そういう器用さや快活さを持ち合わせていなかった。

「うん、いいよ。じゃあちょくちょく一緒に帰ろうよ。でも、俺帰宅部だから速攻学校出ちゃうけど、それでもいい？」

戸惑いつつも、先輩の頼みに応じることにした僕は、彼女に問いかけた。

「わたしも帰宅部。ダンくん目立つし、話してみたかったから嬉しい」

儚げなひとが、儚げな笑顔を見せる。

月並みな喩《たとえ》だけれども、なんとなく、散り際の花弁のようだ、と思った。

淡桃《うすもも》の笑顔とろりとこぼしたる君とくだれば坂　なまぬるい

出逢ったばかりのあたらしい「ともだち」との帰り道が「なまぬるい」なんておかしい、と思われるかもしれない。でも、たしかになまぬるかったのだ。ゲイとしての自我を確立しつつあった十七歳の僕にとって、女の子と親しく並んで帰るのは、どことなく不思議で、にわかに緊張を伴う時間だった。彼女の胸元は、湘南の初夏の暑さに汗ばんでいた。ふたりとも、汗ばんでいた。

思春期の身体が分泌する汗には、なにか大人の汗とはちがう成分が含まれているような気がする。ひとを気まずく、ドギマギさせてしまう成分が。僕が感じていた「なまぬるさ」は、そのせいかもしれない。

触れないでください、胸に割れそうな水風船を隠しています

「ちなみに、俺が男もイケるのは知ってる？」

長い坂道をゆっくりと下りながら、僕はアイコちゃんに問うた。

「ともだち」になるにあたって、一応自分のセクシュアリティは明かしておこうと思ったのだ。

でも、小さな嘘をついた。

当時の僕はまだ、自分が完全に「男しかイケない」と認めることができずにいた。どうしても、怖かったのだ。「ホモ」と罵られることが。だから、男もイケる、と嘘をついたのだ。

「うん、なんか噂で聞いたことある。でもわたし、気にしないよ」

僕の「小さな嘘」を気に留めることなく、彼女はやわらかく微笑んでくれた。

「――おい！　俺のこと完全に忘れてるっしょ」

突然肩を叩かれて、僕は思わず「うわっ」と声を出してしまった。たしかに、先輩の存在をすっかり忘れていた。怒られるかと思ったけれど、後ろを歩く先輩は満面の笑みを浮かべてすこぶる上機嫌だった。

「よし。じゃ、俺先行くわ」

と言って先輩が小走りで去ってゆき、とり残された僕たちふたりは、ぎこちない会話をぽつぽつと交わしながら、ゆっくり坂を下っていった。

こうして、僕たちは「ともだち」になった。

アイコちゃんの心身は、とても不安定だった。

テンションが高い日があったかと思えば、夜にいきなり電話をしてきて「手首切っちゃった」と告白したりする。

一緒に電車に乗っていると、突然倒れてしまったり、意識を失ったりする。そういうときは介抱しながら、彼女のお母さんに電話をして、駅まで迎えに来てもらう。

――ダン君、いつも娘がすみません。

ご両親から、何度も言われた。

突然倒れられるとたしかにびっくりするし、戸惑う。けれども、不思議と僕は「迷惑」と感じたことはなかった。


抱き合えばきっとどちらもやわらかい　あなたの胸も僕の背中も

中学のときに男性との「初体験」を済ませていた僕だけれど、女性の肉体となると完全に未知なるものだった。いまもなお、僕は（アダルトビデオを除けば）女性の裸体を知らない。そんな僕が唯一、強く抱きとめた女体こそが、彼女のからだだった。

つり革や手すりにつかまっていた彼女が、ふとした瞬間に崩れる。僕は、必死で抱きとめる。やがて、あわい意識を取り戻した彼女が、僕の背中に手を回す。

そんな接触が、たびたびあった。傍から見ていたひとびとは、僕らを恋人同士と思っただろう。

自らがゲイであることを、完全には認められずにいた当時の僕は、学校内の多数派である異性愛者たちのジェンダー規範意識のようなものを、どこか理想視しているところがあった。

――男は、女を守るもの。

――病弱で、儚い女を力強く支える男って、かっこいい。

アイコちゃんを性愛の対象として見ることは決してなかったのに、電車のなかや駅のホームで倒れる彼女を抱きとめるとき、僕の胸のうちにはたしかに、「恍惚」とか「陶酔」と呼ぶべき感覚があった。

か弱く、儚くて、あまりに美しい少女を、抱きとめる俺。

「大丈夫ですか」と問うてくれるひとに、「大丈夫です。俺がなんとかします」と答えつつ、颯爽と彼女のお母さんに連絡を取る俺――

細いのに豊満で、ほんのりとやわらかい彼女の身体を支えているときの僕は、悲壮な表情を貼り付けながらも、こころのどこかで自分に酔っていた。

ゆうらりと君は倒れき　わが腕の熱をたしかなものと信じて

アイコちゃんは朝に弱い。僕も宵っ張りで、遅刻の常習犯だったし、昼近くになってやっと登校するようなことも多かった。だから、毎日一緒に下校するようになってからも、登校中のアイコちゃんとばったり出くわしたのは、一度きりだった。

ひどく暑い六月下旬ごろだったと思う。めずらしく早起きをした僕は、どうにか一限目に間に合いそうな時間の江ノ島線の各駅停車に乗っていた。片瀬江ノ島行きの朝の下り電車は空いている。僕は、先頭車両の後方の席を占有して居眠りを決め込むのが常だった。梅雨真っただ中だというのに、雲ひとつない晴れた朝、僕はいつもどおり最後方の席で壁にもたれてまどろんでいた。

「わ、ダンくんだ」

声が聞こえて、重い瞼《まぶた》をしぶしぶ開けると、目の前にアイコちゃんが立っていた。僕はほとんど寝ぼけていたから「おはよう」のひと言が出てこなくて、え、あ、アイコじゃん、とぼんやり呟いた。

「ダンくん、眠そうだね。起こしてごめんね」

そう言うアイコちゃんはさらに眠たそうで、あくびをしながら当たり前のように僕のとなりに腰を下ろした。そして、そのままなにを話すでもなく、すうっと寝入ってしまった。静かに眠るアイコちゃんの薄桃色の横顔を見ているうちに、僕も眠気がよみがえって来て、ふたたび目を閉じた。

――片瀬江ノ島、終点です。この電車は折返し、相模大野ゆき……

はっと目を覚ますと、電車は終点の片瀬江ノ島駅のプラットフォームにすべり込んだところだった。窓越しに見えた、真っ青に塗られたホームの柱が鮮やかだった。アイコちゃんは僕のとなりで、小さな寝息を立てていた。

アイコちゃんを揺り起こそうとしたけれど、彼女の肩に触れようとした瞬間、僕の右手の指先がにぶくしびれて、できなかった。眠っているアイコちゃんはなんだか聖女のようで、触れてはならないような気がした。

「アイコ、おーい。アイコ」

耳元で呼びかけると、アイコちゃんは「ん」と小さな声を発してのち、ゆっくりと瞼を開けた。

「あれ、ダンくん、なんで」

アイコちゃんが不思議そうに訊ねる。

「俺たち、完全に寝過ごしたみたい」

僕の答えに、アイコちゃんはぽかんと口を開けて「え？」と言った。彼女は寝ぼけていて、僕がなんでとなりにいるのか、不思議に思っているようだった。それに対して僕も、

「は？　いや、だから、ここ江ノ島で」

と、よくわからない曖昧なセリフを返していた。

お互い、顔を見合わせた。たぶん、十秒くらいだったと思う。あのさ、だから俺たち寝過ごして……と、僕がもう一度口を開きかけたとき、アイコちゃんが「あはは！」と笑い出した。

「え、ダンくんちょっとまって。うそ、超ウケる！」

いつもの、儚くて静かな姿とは別人のように大きく口を開けたアイコちゃんは「やばい、なんか笑い止まんない」と言って、お腹を押さえた。アイコちゃんが僕の前で声を上げて笑ったのは、これがはじめてだった。

「もうやだ、ちょっと、やばいって！　笑い止まらないよ、ダンくん」と言って目尻に涙まで溜めているアイコちゃんを見ているうちに、僕にも笑いが伝染した。

「やばいね、俺たち。マジやばいじゃん」

なにがやばいのかわからないけれど、なんだか面白くて、楽しくて、うまく言葉が出てこなかった。僕とアイコちゃんは、ひたすら「やばい」と言い合いながらげらげらとひとしきり笑った。

折返しの上り電車となる車両に、ぞろぞろと通勤客が乗り込んで来る。ベンチシートを占拠して大笑いしている高校生の男女に注意を向けるひとはいない。時刻はもう、一限目の予鈴が鳴る午前八時半になろうとしていた。

ふう、と息をついてやっと笑いがおさまった僕は、

「で、どうする？」

とアイコちゃんに問いかけた。このまま折返しの電車に乗って学校に向かえば、一限目の途中に、なんとか滑り込めるだろう。僕たちの遅刻癖に慣れきっている先生は、きっと笑って許してくれるにちがいない。

「どうしよっか」

問い返してくるアイコちゃんの笑顔が、とてもまぶしかった。いつものどこか遠慮がちな微笑みとはちがう、楽しさと期待に充ちた、本当にさわやかな笑顔だった。

「……サボっちゃう？」

アイコちゃんの笑顔を曇らせたくなかった。このまま学校に向かってしまったら、なんとなく、まぶしい笑顔が消えてしまうような気がした。

「ダンくんに、まかせるよ」

そう言ってアイコちゃんは、もう一度にっこりと笑った。女の子の笑顔に見とれたのは、このときがはじめてだった。

はじめての君の笑顔を呑み込んだ空がとたんに青を濃くする

結局僕たちは、折返しの電車のドアが閉まる直前に下車して、それぞれ乗り越し精算をしたあと、片瀬江ノ島駅の改札を出た。海が近いせいだろうか、駅前にひろがる夏空が、家を出たときよりもさらに青くなっていた。

「やばいね、ダンくん」

「うん、やばい」

相変わらず、やばい、やばい、と繰り返しながら、僕たちは海岸に向かって歩いた。弁天橋のたもとに近づくと、ざざあ、ざざあ、と規則的な波音が聞こえてくる。潮の匂いをたっぷりと含んだ湿った風が、ゆっくりと橋をわたるアイコちゃんと僕のあいだを吹き抜ける。

「うわあ、めっちゃ海！」

声を上げたアイコちゃんが、橋の真ん中で立ち止まった。右肩にかけていたスクールバッグを足元に置いて、アイコちゃんは海に向かって思い切り両手をひろげた。潮風が、薄茶色のつやつやかな髪を乱した。顔に髪がかかるのも気にせず、アイコちゃんは全身で、潮風を受け止めていた。

「すげえ、きれいだ」

僕は思わず呟いた。アイコちゃんは「うん、きれいだね」と言った。

ちがう、僕がきれいだと思ったのは海じゃなくてアイコのことで――

気恥ずかしくて、言えなかった。いや、それまで女の子をきれいだと思ったことがなかった僕は、どうしたらいいのかわからなかったのだ。

「あ、ダンくん！　見て！　ワシがいる！」

アイコちゃんが大きな声で叫び、空を指差す。一羽のトンビが、灰色の砂浜の上を、ぐるぐると輪を描きながら飛んでいた。ただ夏の海風に吹かれるまま、青空の下を飛び回る猛禽の姿を、アイコちゃんはまぶしそうに見つめていた。あれ、ワシじゃないよ、なんて不粋なこと、言えるわけがなかった。

ぴーひょろ。ぴーひょろろ。

堂々たる見た目にそぐわない、可愛らしい鳴き声をあげながら自由に飛び回るトンビの姿と、それを見つめるアイコちゃんの横顔が、まなうらに焼き付いていつまでも消えなかった。


危うさが甘さに変わる一瞬のためだけに吹く風を味わう

＊

僕が気づいていなかっただけで、元気なときのアイコちゃんは、けっこう奔放だった。というよりも、奔放なアイコちゃんこそが、きっと本来の姿なのだろう。僕の吸っている煙草に興味を持って吸ってみたがったり、突然反対方向の電車に乗りたがったり。学校をサボって江ノ島の潮風を一緒に味わった日以来、アイコちゃんはいたずらっ子で好奇心旺盛な一面を、僕にちょくちょく見せるようになった。

一緒に、冒険をしまくった。ただそのときの気分にまかせて、横浜や都心、時には千葉あたりまで足を延ばしたりした。

いいことも、わるいことも、とにかく一緒に味わい尽くしたかった。

法の枠すれすれの青春をわけあうことで、僕たちはお互いに生きていることをたしかめあっていたのかもしれない。

ゲイであることを認めきれず、小さな嘘を重ね続けていた僕と、日本の高校という環境に適応するため、自らを偽らざるをえなかったアイコちゃんとの間に、友情とも愛情とも言えない、不思議な連帯がうまれていた。

アイコちゃんも僕も、自分の生と存在をたしかめるのに必死だった。

クラスメートや家族にくわえて、自分に対してすら常に嘘をつきつづけなければならないさだめを背負った十七歳の少女と少年が手を取り合うのは、必然だったのかもしれない。僕たちは、あの日江ノ島でならび見た、トンビになりたかったのだ。ただ風に身をまかせて、青い空を飛び回る、自由な鳥になりたかった。


中学の頃とくらべて、インターネットはさらに発達していた。

「iモード」ができたことで、携帯電話から直接ウェブにアクセスできるようになっていた。

僕は携帯電話を使って、ゲイの出会い系掲示板へ頻繁に出入りしていた。

「ダンくん、最近あたらしいひとと会った?」

「うん、実はいまサイトで連絡取っててさ。いい感じなんだよね」

ほかの友達に言えないようなことも、アイコちゃんには言えた。ふたりのあいだで秘密を共有することが、なんだかとても特別なことに思えた。分かち合う秘密が増えるたび、僕たちの関係が「ともだち」という言葉ではくくれない、同志のようなものに深化していくのを実感した。

「いいじゃん！　もう会ったの？」

「いや、まだ。なかなか踏ん切りつかなくて」

「じゃあ、わたしも一緒に行くから、会ってみようよ！」

僕たちが「ともだち」になってから、ひと月半ほどが経ったころだったと思う。出会い系掲示板で知り合ったひとと実際に会うにあたって、アイコちゃんについて来てもらったことがあった。アイコちゃんも乗り気だったし、僕にとっても彼女がいてくれるほうが心強かった。なにより、僕たちのあいだの秘密――ひょっとしたら僕の「彼氏」になるかもしれないひとと一緒に会う、というとびきり大きな秘密を分かち合うことで、アイコちゃんと僕の関係がさらに特別なものになるのではないか、と期待した。

相手は、僕たちの高校からほど近い、スポーツで有名な大学に通う野球部の一年生。土曜日の放課後（僕たちの高校は週休二日ではなかった）、アイコちゃんと一緒に、彼に会いに行った。

ルームメイトが外出中だという彼は、僕たちふたりを寮の部屋にこっそり招き入れてくれた。

体育会男子の部屋って、雑然としていて臭そう……、という僕の勝手な想像は、裏切られた。二段ベッドがひとつだけ置かれた部屋は決して広くはないけれど、きれいに整頓されていたし、ほんのり甘い柑橘の匂いが漂っていた。

最近になって同性に興味を持ち始めた、という彼自身もまた、汗臭さとは無縁の涼しげな青年だった。野球部だというから坊主頭を思い描いていたけれど、黒々とした短髪は流行のソフトモヒカン風に整えられていて、とても清潔感があった。切れ長の奥二重の細い目とすっと通った鼻筋は、いまで言うところの塩顔イケメンそのものだ。

一時間ばかり話していただろうか。決して多弁でも雄弁でもないけれど、一生懸命誠実に野球やファッションの話をしてくれる彼を、僕はすっかり気に入ってしまった。

アイコちゃんは、まるで保護者のように、僕のかたわらで「ダンくんをよろしくお願いします」と微笑んでいる。彼はしっかり気の使えるひとで、アイコちゃんにもちょくちょく話を振ってくれた。アイコちゃんのほうも、彼とけっこう話が合うようで、帰り際には連絡先を交換していた。

「――ダンくん、良かったじゃん！　めっちゃかっこいいし、あのひといいよ！」

帰りの電車のなかで、アイコちゃんは興奮していた。ひょっとしたら、僕以上にテンションが高かったかもしれない。

「だよね。俺も、あのひとすげえいいな、って思った」

「いいじゃん！　わたし、超応援する」

アイコちゃんは、文字通り天使のように笑った。僕も笑った。とびきり大きな秘密をアイコちゃんと共有できたことに興奮していたし、嬉しくもあった。

湘南の南風《はえ》もろともにもどりくるもうあきらめたはずのものたち

五月の終わりにアイコちゃんと出逢ってから、僕の日常の「外形」は一変した。傍から見る限りは、僕の日常は「青春のあるべき姿」そのものに映ったはずだ。

当時の僕は、髪をかなり明るく脱色していて、見た目の上ではストニュー（『月刊東京ストリートニュース』という、僕世代の高校生の間で大流行した雑誌）に出てくる男子高生の姿をうまくトレースできていた（と思う）。そんな僕のとなりには、完璧なプロポーションの、学校で一番ルーズソックスが似合う美少女の姿がいつもあるのだ。

僕は、この「青春のあるべき姿」を、あくまでも外形において達成しているという状況に、かなり満足していた。

六限目の終わりを告げる鐘が鳴ると、アイコちゃんは真っ先に僕の教室まで走ってやって来る。そして、僕たちは仲良く連れ立って帰ってゆく。

――あれ？　ダンってゲイなんじゃないの？

――あいつ、女もイケたんだ。

学年内で、アイコちゃんと僕が「付き合っている」という噂が、広まりつつあった。あまり仲良くない他のクラスの子から、「おまえってあのアイコと付き合ってるってマジ？」と訊かれたりもした。

僕は、「まあ、想像にまかせるわ」と曖昧に笑って、あえて噂を止めなかった。

誰も僕たちの「ほんとうの関係」を知らない。僕たちが分かち合っている「秘密」の正体を知らない。そのことが、僕をより満足させた。アイコちゃんと出逢うまで、家族や友達の前で嘘をつくたび、胸底に澱《おり》のようなものが溜まってゆくのが、辛くて煩わしかった。そういうストレスは、短歌に託すことで発散していた。ところが、アイコちゃんと「ともだち」になってからは、あまり歌が思い浮かばなくなった。

「人生や生活における何らかの『欠落』が芸術の源になるんだよ」と語っていたのは、洒脱《しゃだつ》なキャラクターと俳優のような見た目で生徒から人気の、現代国語担当の小平《こだいら》先生だった。家族に対しての複雑な思いや、自分自身にすら正直になれない辛さが、僕の創作の源だったのだろう。ところが、アイコちゃんと一緒にいることで、僕の欠落は(一時的に、だけれど)埋まってしまった。だから、歌が作れなくなったのだと思う。

いっぽうで僕は相変わらず、例の体育会の大学生とメールでやりとりをしていた。彼から送られて来るメールはほとんどなんてことない内容ばかりだったけれど、ときおり挟まれる「ちょうどダンくんのこと考えてたよ」という言葉や「会いたいな」という多分に甘さをはらんだ一文を目にするたび、頬骨のあたりがむずむずした。

学校では「アイコちゃんの彼氏」(嘘だけれど)という体《てい》で過ごし、ネット上ではさわやかイケメン大学生と甘いやりとりを楽しむ——。二兎を追う者は一兎をも得ず、が常識のはずなのに、僕はあたかも二兎を手に入れたような気になっていた。

雨だれを日がな見ている。待つという時間は喉の渇きにも似て

夏休みに入ったころ、大学生の彼からのメールが途絶えがちになった。かわりに、アイコちゃんからの電話が頻繁になった。

「ダンくん、元気？」

「俺は元気。アイコは？」

「わたしは……。イマイチかな。会いたいよ」

こういうなんでもないやりとりに、僕はほっとした。アイコちゃんが僕だけを頼り、僕だけがアイコちゃんを支えることができる——。そんな傲《おご》った考えが、僕の自尊心を充たしていた。なにより、秘密と苦しみを分け合う唯一無二の「同志」である僕たちの関係性がしっかり保たれていることに安堵していた。ただ、アイコちゃんがしきりに「最近例の彼とはどう？」と訊きたがるのが、なんとなく心に引っかかった。でも、僕は気にしていなかった。イケメンな彼とのやりとりも楽しいけれど、互いに傷を抱え、秘密を分け合う同志であるアイコちゃんとの関係が続いていることのほうが、僕にとっては大事だった。

家族は、僕のセクシュアリティを知らない。母は僕が中学生のころに、僕の部屋のゲイ雑誌やBLマンガを見つけてしまっていたから、すでに感づいていたかもしれない。それでも、僕の同性愛について母は「思春期特有の一過性のもので、高校生になれば〝普通〟になるだろう」と思っていたふしがある。

そんな僕が、急に特定の女の子と親しくなったのだ。夕食の席でアイコちゃんの話をすると、当時存命だった祖父も、「ダンも年頃だな」と嬉しそうにしていた。

僕のかたわらに常に女の子がいることを、家族は喜んでいた。〝普通〟の、健全な男子高生になった僕を、家族がほほえましく思っている——。とりわけ、離婚してから僕にとってたったひとりの親となった母を安心させたかったし、父親代わりの祖父（両親の離婚後僕は母方の祖父の養子になった）に心配をかけたくなかった。

母は、テレビでいわゆるニューハーフのタレントやオネエ系の芸能人が出るたびに、気まずそうに僕の顔をちらりと窺うことがしばしばあった。ところが、食卓でアイコちゃんの話題が出るようになってから、それもすっかりなくなった。

アイコちゃんと「ともだち」になったことで、僕は二兎どころか三兎を得ていた、のかもしれない。

長雨の果てにあなたはうつくしくはかなきままに狂いゆきたり

十月ごろだっただろうか。いつものように、アイコちゃんと一緒に電車に揺られているとき、彼女があからさまに僕に身体を寄せて来たことがあった。

中央林間駅で、乗り換えのために田園都市線のホームに向かって歩いていたとき、彼女がふいに立ち止まった。

「ダンくんって、どうしても男のひとじゃないと駄目なのかな」

そう言ってアイコちゃんは、僕の左手に指を絡ませて来た。

全身が、戦慄《わなな》いた。

興奮したのではない。生理的に、「気持ちわるい」と思ってしまったのだ。僕の左手にはどんどん汗が滲んでゆき、やがて小刻みに震え始めた。僕は、パニックになっていた。そんな僕に、アイコちゃんはさらに身を委ねて来た。震える僕の左手を自身の胸元へと誘い、そのまま僕の胸に身体を滑り込ませてきた。

僕は、完全に動けなくなった。

これは、彼女の病気の、一種の発作なんだ――

思い込もうとしたけれど、そうではないことが、僕にはわかっていた。僕の胸に抱き込まれた彼女は、浅く瞼を閉じていて、あからさまに僕のくちづけを待っていたのだから。

「ねえ、だめかな」

アイコちゃんが、さらに追い打ちをかけて来る。

僕は、相変わらず動けずにいる。

――どうしよう。

――僕たちは、「ともだち」で、「同志」だったはずじゃないか！

――いや。キスくらい、なんてことないだろ。

心のなかで、さまざまな声が竜巻のように巻き上がり、僕の意識を飲み込もうと襲いかかって来る。

喉が、からからに渇いていた。

こんな状態でキスなんかしたら、ひどい口臭がするんじゃないだろうか。

そんなどうでもいいことが、頭に浮かんだりした。

「ねえ……」と言いながら、アイコちゃんはますます僕に寄りかかってくる。

もう、逃げられない。

僕は、意を決して、彼女のつややかな桃色のくちびるに向かって、顔を下ろしていった。

――。

「……ごめん」

ふたつのくちびるの距離は、きっと一センチを切っていたと思う。でも僕は、どうしても彼女にくちづけることができなかった。

僕の謝罪の言葉に、アイコちゃんは寂しそうに微笑んだ。

僕はただ、絶望していた。

胸骨が痛みはじめて、その痛みが肋骨にまで伝播してゆく。僕の上半身は、まるで麻縄に縛られているような、鈍い痛みに支配されはじめた。

倒れた彼女を幾度となく介抱した中央林間の駅で、今度は僕が倒れそうになっていた。

痛みと苦しみのなかで、僕は出逢ったときに、アイコちゃんについた嘘を思い出していた。

僕は、「男もイケる」んじゃない。やっぱり、どうあがいても、「男しかイケない」んだ。

わかっていたことなのに、明らかな実感とともに突きつけられた現実に、僕の頭と胸は破裂しそうだった。

このときはじめて、アイコちゃんと僕の関係が、僕のついた小さな嘘――男もイケるという嘘の上に成り立ってしまっていることに気づいたのだった。僕は、とても愚かだった。僕はアイコちゃんとは性愛というなまぐさいものを超越した、ちょっと神聖で特別な関係を築けていると思っていた。でも、それは僕が勝手に思っていただけで、アイコちゃんからしてみれば、まったくちがうのかもしれなかった。

残酷な季節だ　秋がしんしんと青いからだを蝕んでゆく

アイコちゃんの僕へのアプローチは、それからますます頻繁になった。電車では、必ず身体を寄せて来る。あわよくば、僕と腕を絡めたがる。そのたびに、僕の身体は戦慄を覚え、小刻みに震える。

アイコちゃんは、僕の「男もイケる」という嘘の、「も」の部分を、信じたがっていた。僕は、少しずつ、アイコちゃんを恐れるようになっていった。

それでも僕は、アイコちゃんと一緒に帰るのをやめなかった。

「オサノ君がアイコちゃんと仲良くしてくれてすごく嬉しい。あの子のこと、どうかよろしくね。彼女がこれから学校生活に馴染んでいけるようになるためにも、オサノ君の力が必要なの」

アイコちゃんと「ともだち」になってから間もないころ、彼女の担任だった英語の吉田先生から言われた言葉だ。

吉田先生は、兄の担任も務めていた先生で、教師に対してあまねく反抗的だった僕が慕っていた、数少ない教師のひとりだった。先生の期待を、裏切りたくない、という思いがあった。

でも、主な理由はそれじゃない。

外形上の「青春のあるべき姿」を手放したくない、という身勝手で独善的な打算は日増しに大きくなるばかりだったし、中学の頃から憧れ続けた、〝彼氏〟と〝彼女〟によって成り立つ「普通の青春」の塑像に、僕は相変わらず固執していた。

だから、僕はアイコちゃんとの物理的な接触に慣れよう、と必死になった。事実として手をつなぐことくらいであれば、抵抗なくできるようになりつつあった。

頭のなかに、久々に三十一音が降ってくる。五・七・五・七・七――。次から次へと、歌が思い浮かんだ。僕の胸に、ふたたび「欠落」が生じつつあったのだろう。


まぼろしの春に溺れる少年が拾いあつめてゆく嘘の種

三、やんちゃなハヤト

年が明け、三学期がはじまってまもなく、新たな出会いが訪れた。

クラスメートから、留年したアイコちゃんと同じ学年の、後輩の男の子を紹介されたのだ。僕と同じ附属の小学校の出身のハヤトは、とにかくイケメンだった。育ちの良さそうな顔立ちに、アッシュブラウンに脱色された長髪が、とてもよく似合った。くわえて、めちゃめちゃ人懐《なつ》っこい。

「先輩！ 俺、先輩と家同じ方向なんで、よかったら一緒に帰りませんか」

いつものようにアイコちゃんを教室の前の廊下で待っているとき、ハヤトが声をかけて来た。

「うん、俺はいいんだけど、俺の連れが大丈夫かな……」

「あ、ひょっとしてアイコさんですか？」

ハヤトがアイコちゃんのことを知っているのが意外だった。アイコちゃんは、同学年に友達はいないはずだ。それに、あまり授業には出ていない。

「あれ、ハヤトってアイコのこと知ってるの？」

問い返した僕に、ハヤトは「俺、実は同じクラスなんすよ」と屈託のない笑顔で答えた。

「先輩って、アイコさんと付き合ってるんすよね？　俺たちの学年で噂になってますよ」

茶化すような口調で言うハヤトに、僕はどう答えていいのかわからない。

「うーん、どうなんだろ……。まあ、友達以上ではあるよ」

僕の曖昧な答えに、今度はハヤトが意外そうな顔をした。

「マジすか！　先輩のカノジョ取る気はないけど俺、アイコさんってなんかすごい気になる存在で、仲良くなりたかったんすよ。やっぱ今日、一緒に帰っちゃ駄目ですか？」

僕のタイプど真ん中のハヤトに懇願されて、断れるわけがない。

程なくして教室の前にやって来たアイコちゃんは、ハヤトの存在を認めて、きょとんとした顔をした。

「アイコ、知ってるよね？　ハヤト」

僕が彼を紹介すると、アイコちゃんは無言で頷いた。

「俺、アイコさんと話してみたかったんですよ！　よかったら一緒に帰りましょうよ！」

元気いっぱいに語りかけるハヤトに、アイコちゃんは「うん、いいよ」とやさしく微笑み返した。

この日から、僕たちは三人で一緒に帰るようになった。

＊

アイコちゃんとハヤト、そして僕。

三人で下校するようになってからすぐ、僕はハヤトに恋をした。

すれちがうたびに苦かり　水草のごとき男子《おのこ》の冬のにおいが

――ダンさん！　マジかっけえリング見つけたんすよ！

――ダンさん！　今度一緒に渋谷遊びに行きましょうよ！

学校の廊下で出くわすたびに、ハヤトは無邪気な笑顔を向けてくる。ハヤトが近づいてくると、いつもブルガリのユニセックスな匂いが漂った。

いっぽう、ふたりでの下校シーンが三人に変わっても、アイコちゃんの心身は相変わらず不安定だった。電車のなかではしばしば突然倒れたし、学校でも突然具合が悪くなることが多くなった。

でも、変わったこともある。

かつて、電車のなかで倒れる彼女を支えることができるのは、僕ひとりだった。ところが、三人で帰るようになってからは、ハヤトがアイコちゃんの身体を抱きとめるようになった。

中央林間の駅で彼女にくちづけをせがまれて以来、彼女に対して怖れにも似た感情を抱くようになっていた僕は、正直に言って、ほっとしていた。僕ひとりでアイコちゃんの不安定さを背負いこむことに、限界を感じていたのだと思う。大切な、唯一無二の「同志」のはずなのに、その関係性の重さに、僕自身が耐えきれなくなりつつあった。

入試休み直前の三学期の中盤のことだった。

いつものように、僕の教室の前で待ち合わせた三人は、すっかり葉を落とした采振木の並木を歩いて、バス停に向かった。アウトローな帰宅部三人組は、誰よりも早く学校を出るから、部活後の下校ラッシュの時間帯に比べて、バスははるかに空いていた。

バスが出発して、停留所をふたつほど飛ばしたころだっただろうか、いつものようにアイコちゃんの具合が悪くなった。ぜえぜえと荒い息を繰り返し、バスの最後尾のベンチシートに座っている身体が、風に吹かれる薄《すすき》のように、ゆらんゆらんと揺れはじめた。

「アイコさん！　大丈夫すか！」

ハヤトの狼狽《ろうばい》した声が、ガラガラのバスの車内に響き渡る。運転手が大きなバックミラー越しに、後ろの様子を窺っているのが見える。でも、バスは止まる気配がない。

「アイコ、大丈夫？　また薬飲んでないんだろ」

おそらく抗うつ剤や安定剤の類だと思うけれども、アイコちゃんは医者から、毎食後かならず服用しなければならない薬をいくつも処方されていた。ただ、彼女は薬を飲むのをいつも嫌がった。

――飲むとね、ぼうっとするの。自分が自分じゃなくなるの。だから飲みたくない。

彼女の両親からすっかり頼りにされていた僕は、薬の管理に関しても任されるようになっていた。

アイコちゃんと食事に行くと、お父さんから電話がかかって来る。

――オサノ君、娘は今日ちゃんと食後に薬を飲んでいましたか？

となりで聞き耳を立てている彼女が「お願い！　飲んだって言って」と僕の耳元で囁く。

僕は若干の罪悪感に苛《さいな》まれながら、お父さんに「はい。ちゃんと飲んでいました」と嘘をつくのが常だった。

バスのなかで倒れたのも、薬を飲んでいなかったせいだとすぐに察しがついた。僕はアイコちゃんとの付き合いのなかで、彼女のパターンを概《おおむ》ね把握していた。だから、もはや彼女が倒れても慌てなくなっていた。

「ダンさん、どうしよう。救急車とか呼んだほうがいいですか？」

上ずった声で訊ねるハヤトに、僕は「大丈夫だよ。俺からお母さんに連絡するから」と努めて冷静な（ひょっとしたらかなり冷たい）声で答えた。

あのときのハヤトの、責め立てるような目が忘れられない。

――なんであんたはそんなに冷たいんだ！

心の声が、突き刺さってくるような気がした。

やんちゃで無邪気でまっすぐで、正義感が強いハヤトからしたら、きっと僕は冷酷な人間に見えたことだろう。

冷酷と熱情ぶつけあいながら少年ふたりバスにゆれおり

ただ、あのときの僕の胸には、たしかに冷酷さがあった。いや、あれは「嫉妬」だったのかもしれない。

バスで倒れたとき、アイコちゃんは僕の肩ではなく、ハヤトの肩に凭《もた》れかかっていた。とはいえ僕は、アイコちゃんのやわらかなからだを抱くハヤトに嫉妬したのではない。浅黒いハヤトの腕に凭れているアイコちゃんに、嫉妬していたのだった。

それほどまでに、僕はハヤトに対して狂おしい思いを抱くようになっていた。

＊

うつくしくて儚くて、豊満な色気まで持ち合わせているアイコちゃん。そんな彼女に、ハヤトが惹かれはじめているのは、僕の目にも明らかだった。

三人での帰り道、アイコちゃんと僕の会話は少なくなってゆき、ハヤトとアイコちゃんの交わす言葉は日に日に増えて行った。

それでも夜になって、アイコちゃんが電話をかける先は僕だった。電話に出ると、帰国子女の彼女は泣きながら小声の英語で喋りだす。

――ダンくん、また手首切っちゃった。

――いま目の前に薬がいっぱいあるの。全部飲んだら死ねるかな。

以前の僕は、電話があるたびにこころを尽くして何時間でも彼女の話に付き合った。「死にたい」と言われれば「うん、でも俺はいまはまだアイコに生きててほしいな」とやさしく諭《さと》し、「会いたい」と言われれば、たとえ夜でも横浜の彼女の自宅近くまで会いに行った。

ところが、ハヤトへの恋心に気づいてからの僕は、彼女からかかってくる突然の電話への対応が、おざなりになっていた。いままでなら決して使ったことのなかった「ごめん、俺忙しいんだわ」とか「うん。とにかく頑張りなよ」という言葉を、簡単に発するようになっていた。

わが喉に巣喰う刃《やいば》を次々と君に放っている冬の夜

いま思えば、すべての原因は「嫉妬」だったのだと思う。

二兎を追う者は一兎をも得ず。

しかし二兎を追った結果三兎を得て、すっかり味を占めてしまっていた僕は、どうにかこの矛盾するいくつもの現実を、自分のなかでうまくコントロールしながら高校生活を乗り切ろう、と画策していた。「普通の男子高生」というかりそめの姿。同じ傷を抱えた唯一無二の同志。家族の安心……。それにくわえて僕は「ハヤトとの恋の成就」という四羽目の兎まで手に入れようとすら考えていた。


葉は落ちて森は裸に成り果てて疑いだけがぽつりと残る

「ダンさん、春休みどこか一緒に旅行いきましょうよ！」

ハヤトから思いがけぬ誘いを受けたのは、三学期の終業式も近い、三月半ばだったと思う。

まさかハヤトからそんなことを言われると思っていなかった僕は、文字通り狂喜乱舞した。

バスのなかでアイコちゃんが倒れたときの一件以来、僕はハヤトに「軽蔑されている」という被害妄想を抱いていた。もちろん、学校でのハヤトは前と変わらず僕に対して無邪気に声をかけてくれる可愛い後輩であり続けていた。ただ、バスのなかでハヤトから責めるような目を向けられたと思い込んでいた僕は、ハヤトからの信頼や親愛は、とっくに失われたものだと思っていた。ハヤトが僕に懐いてくれるのは、あくまでもアイコちゃんという本命がいるからにちがいない。アイコちゃんに近づくために、俺と親しくしてくれているんだ――。僕は、そう信じ込んでいたのだ。

ところが、そんなハヤトが春休みに旅行に誘ってくれた！

当然ながら、僕は有頂天になった。

アイコちゃんという存在を挟まずに、ハヤトとふたりきりになれる――。これは大げさではなく、僕にとって事件ともいうべきことだった。

何泊で、どこに行くかなんてどうでもいい。アイコちゃんを介在させることなく、ハヤトとふたりで春休みを過ごすことができるなんて。

奇跡だ、と思った。

ハヤトからの誘いに二つ返事で「ＯＫ！」と答えた僕は、その日から旅先を調べまくった。なるべく東京から遠いところがいい。とはいえ、高校生の経済力には限界がある。書店の旅行ガイドコーナーで。下校途中の中央林間のマックで。実家のパソコンで。とにかく僕は、ハヤトとの「夢の旅行」の行き先について、ずっとずっと調べていた。

＊

ハヤトとの旅行先は、岩手の温泉に決めた。日程は二泊三日。僕の実家がホテルや交通関係の会社を経営していることもあって、祖父のコネを最大限に使って滞在費を安く済ませられるからだ。

当日は、東京駅の八重洲口で待ち合わせた。

午前十時ごろだっただろうか。大丸のエントランスの横に、ボストンバッグを持って佇むハヤトを見つけた。私服姿のハヤトに会うのははじめてだった。弱冠十六歳、高校一年生だというのに、ちょっと尖ったライダース風のジャケットに、青いマフラーを巻いてニットキャップをかぶったハヤトは、それはもう最高にかっこよかった。

いっぽう僕は、中学時代からのお気に入りだった真っ白なダッフルコートに、スキニーなジーンズ。男だけれど、少しでもハヤトに〈かわいい〉と思ってもらえるように、考え抜いたすえのコーディネートだった。母から借りた大きなヴィトンのボストンバッグを手にハヤトのもとへと走った。

「ハヤト！」

呼びかけながら走り寄ると、ハヤトは照れくさそうに笑って、軽く手を上げて応えてくれた。

憐れみと迷いと愛をぐちゃぐちゃに混ぜればできる　青という色

新幹線のなかでは、不思議とアイコちゃんの話は出なかった。ただ他愛もないことをつらつらと話した。ハヤトと僕をつなぐのはアイコちゃんだけ、と思っていた僕には、それが嬉しかった。

三時間あまり新幹線に揺られて新花巻の駅に着くと、旅館のひとが大型のバンで迎えに来てくれていた。

「うわあ、すげえ。田んぼばっかりっすね！」

駅から宿泊先に着くまでの二十分あまり、ハヤトはずっと窓の外の景色を眺めていた。灰色の田んぼのなかに時おり住宅が現れるだけの単調な景色は、港区で生まれ育った生粋の都会っ子のハヤトの目に、かえって珍しく映ったのかもしれない。

僕はというと、車窓の景色を見つめるハヤトの横顔を、一心不乱に見つめていた。


祖父の計らいもあって、旅館では豪華な部屋が用意されていた。

「うわ、めっちゃ広い！」と素直に驚きの声を上げるハヤトを、僕は微笑ましく思った。まっすぐで素直なハヤトを見ているだけで、僕の胸は喜びで満ち溢れたし、息苦しくもなった。僕とさして背格好の変わらない十六歳の少年が、僕というひとりの人間の心身をここまで激しく揺さぶるのだ、ということに驚いてもいた。

もし、この旅行中にハヤトと結ばれることができたら――ありえないことだ、とわかっているのに、無邪気に懐いてくれるハヤトを見ていると、夢を見てしまう。ありえないことが、ありえるのではないか、と思ってしまう。中学時代からずっと憧れてきた「恋」が、ひょっとしたら現実のものになるかもしれない――。いま思えば、つくづく馬鹿馬鹿しいことだけれど、十七歳の僕は本気でそう思っていたのだった。

「ダンさん、とりあえず風呂行きましょうよ、風呂！」

畳敷きの小上がりにくわえて、洋式のベッドルームまである広い部屋をひとしきり探検し終えて満足したハヤトは、浴衣を纏ってタオル片手にすっかり準備万端だった。

「うん、いこっか。露天風呂あるって」

「やべえ、俺露天風呂ってはじめてかも！」

僕は苦笑しながら、やっぱりハヤトが好きだ、と思った。

おもむろに顕《あらわ》になってゆく君のいまだ羞恥を知らざるからだ

長い廊下を歩いてたどり着いた浴場には、ほかに客がいなかった。脱衣カゴにタオルを放り込んだハヤトが、浴衣の帯をほどきはじめる。僕は、素知らぬ顔を装いながら、徐々にあらわになってゆくハヤトのからだを見ていた。端整で美しい顔とは裏腹に、ハヤトの下半身は毛深くて、男らしかった。僕は、ハヤトのからだに欲情した。欲情しながら、自身の浴衣の帯を解いていった。

十六歳という年齢ゆえなのか、あるいは彼の性格なのか。ハヤトはフェイスタオルで局部を隠さない。

「いやあ、露天風呂最高っすね！」

十六歳のみずみずしい肉体を惜しげもなく晒《さら》しながら、露天風呂ではしゃいでいる。僕は「そうだな」と言いながら、景色を見ているふりをするのに必死だった。

風呂から上がったふたりは、「どうせ部屋にドライヤーあるから」と濡れた髪のまま浴衣姿で廊下を歩いた。濡れた長い髪の先からしたたる雫が、ぽとりぽとりとハヤトの浴衣を濡らしてゆく。そのさまには、名状しがたい色っぽさがあって、僕はハヤトの一歩後ろを歩きながら、夢心地で後ろ姿を見つめていた。

＊

初日の夕食は、館内の和食の食事処で取ることになった。半個室になった空間で、ハヤトと向き合う。

温泉旅館にありがちな、刺し身や揚げ物がふんだんに盛られた皿の数々に、ハヤトは「うまそう！」と声を上げた。当時はスマホがなかったし、写メールが出始めたばかりだった。いまだったら、きっと写真をぱしゃぱしゃ撮って、インスタに上げていたことだろう。

山海の幸をたらふく食べたふたりは、部屋に戻った。

「ダンさん、飲みません？」

いまよりも、世の中の規範意識がゆるやかだった時代だ。未成年だったけれど、ハヤトも僕も、飲酒と喫煙の常習犯だった。ハヤトは東京駅の売店でビールやチューハイを買って来て部屋の冷蔵庫で冷やしておいたらしく、戦利品を誇らしげに掲げる若い戦士のような顔で、両手にスーパードライの缶を持ってにやりと笑った。

「お、いいね。じゃあ一本もらうわ」

同じく東京駅でハヤトが調達して来たらしいチータラやさきイカをつまみに、酒盛りが始まった。

「あーうめえ！」

幼さを多分に湛えた顔で、ハヤトはいっちょ前にスーパードライをぐびぐびと飲む。僕は、艶《なま》めかしく上下するハヤトの喉元を見つめながら、さきイカをちまちまと噛んでいる。三月下旬だというのに雪がちらついていたのを、覚えている。


三月の庭に降るとき綿雪は甘くもなりぬ酸《す》ゆくもなりぬ

気づけば、午前零時をまわっていた。僕は煙草を覚えるのは早かったけれど、酒はそんなにイケる口ではなかった。ビールを何缶かとチューハイも空けて、すっかりへべれけになっていた。無理もない。どんなに背伸びをしようとも、身体は十七歳なのだから。対してハヤトは、ほとんど酔っていないように見えた。

「ねえ、ハヤトさ」

僕は酔いにまかせて、とんでもないことを打ち明けようとしていた。

「なんすか」

もしタイムマシンがあるのならば、僕はあの日に戻って、自分の口を塞ぎたい。

「俺、たぶんゲイなんだ。男が好きなんだよ」

ハヤトは、きょとんとしている。

ああ、言うべきじゃなかった。きっと侮蔑されるに決まっている。ハヤトの口から吐き出される辛辣な言葉を、僕は受け止められるだろうか――。固まってしまったハヤトは、ひとことも発さない。永遠に続くとも思われる沈黙に耐えきれなくなった僕が「なーんてな！嘘だよ、俺にはアイコがいるから」と取り繕おうと、口を開きかけたときだった。

「いいじゃないすか！　俺、全然気にしないっすよ！　びっくりしたけど、別に悪いことじゃないっしょ」

ハヤトは破顔一笑して、「乾杯しよ！」と飲みかけのチューハイの缶を差し出して来た。今度は、僕が固まる番だった。酔った勢いで自分でカムアウトしたくせに、ハヤトが僕のセクシュアリティを笑って受け入れてくれたことが、信じられなかったのだ。

「ほら、ダンさんも飲んでよ」

と、ハヤトが僕にぬるくなったスーパードライの缶を押し付けてくる。

「あ、ありがとう……。てかごめん、まさかこんな普通に受け入れてもらえるなんて思わなくて。学校では、アイコにしか言ったことないんだ」

「なんだ！　ダンさんとアイコさん、付き合ってるわけじゃないんすね！　俺、なんとなく感じてたんですよ。普通のカレカノとちがうなあ、って」

アイコと俺は同志なんだよ、と告げようか迷ったけれど、結局僕は「うん、付き合ってはいないよ」とだけ答えた。ハヤトの前で、アイコちゃんの名前を出すのを躊躇《ためら》っている自分がいた。ハヤトとふたりきりの旅行という奇跡のような時間に、アイコちゃんを介在させたくなかった。

北国の夜の甘さに酔うわれの肝をつらぬけ春のいかずち

夜だというのに気温が上がったのか、窓の外にちらついていた雪は、いつのまにか雨に変わっていた。遠くの山際のほうで、稲妻が光っていた。

——ハヤトとふたりきりの酒盛りは、午前四時ごろまで続いたと思う。ただ、最後のほうは僕が完全に酔いつぶれてしまって、よく覚えていない。でも、とても幸せな夜だったはずだ。

翌日午前九時すぎに起きたときはまだ酒が残っていて、少し頭が痛かった。僕が目覚めたとき、ハヤトは寝息を立てていた。すう、すう、と規則正しい呼吸にあわせて上下する薄い胸と、切れ長の目を縁取る睫毛《まつげ》が時おりふるえるさまを、僕は飽かずに見ていた。ハヤトを起こさないように、少しだけカーテンを開けると、思わず目をつぶってしまうほどに眩しい陽光が部屋に射し込んだ。前夜の荒天が嘘のように、外は晴れ渡っていた。遠くに早池峰山の尖った白い頂が見えた。ゆうべの雷雨は、冬から春へと季節がうつろう合図だったのかもしれない、と思った。目に映るすべてが、幸福の兆しで溢れていた。

「……ん。あ、ダンさんもう起きてんの」

突然部屋が明るくなったせいか、ハヤトが起きてしまった。

「ごめん、起こしたよな。昨日遅かったしもうちょい寝てれば？」

僕の言葉を聞いているのかいないのか、ハヤトは「んー」とか「うーん」と寝ぼけ眼で唸った。いつもは完璧にキメているハヤトの隙だらけの姿がかわいらしくて、僕はたまらない気持ちになった。僕は中学の時美術部の合宿で思わず告白してしまった先輩のことを思い出した。あのときと同じ、言葉にできないこの感じ。そう、これこそ恋だ。

「んー、ダンさん起きるなら俺も起きるよ」

かすれた声もかっこいい。まだまだ眠りたそうだったけれど、ハヤトはベッドから身を起こした。普段ジェルできっちりセットされている長い茶髪が、ぼさぼさに乱れていた。すべてがたまらなくかっこよくて、かわいかった。いつのまにかハヤトが僕にタメ口を利いてくれるようになっているのに気づいたのも、このときだったと思う。彼が心を開いてくれた証のようで、うれしかった。

「今日、どうする？　朝メシも、ギリ間に合うっぽいけど」

ブッフェ式の朝食は午前九時半まで提供している、と到着のときに説明を受けていた。僕は二日酔いでまったく食欲がなかったけれど、ハヤトが朝食をとるつもりならば、当然付き合うつもりだった。

「いや、朝メシはいいや。とりあえず朝風呂でしょ！」

そう言ってハヤトは勢いよくベッドから立ち上がって、洗面所にタオルを取りに行った。ばちゃばちゃと顔を洗いながら「ダンさんも行くでしょ？」と当然のように訊ねるハヤトに、僕は「うん」と答えかけて、口をつぐんだ。前夜、ハヤトにゲイであることをカムアウトしたのだ。男を好きな男と一緒に風呂に入るなんて、ハヤトは嫌がるんじゃないか……。そんな懸念が胸に突如として湧いた。

「いや、あのさ、」

と口ごもる僕を、顔を洗い終えたハヤトが不思議そうな顔で見ていた。

「なに？」

「うん、あの……、昨日俺、男が好きって言ったじゃん。俺と一緒に風呂入るの大丈夫？抵抗あれば俺は別に……」

「なに言ってんの、ダンさん」

僕の言葉を遮ったハヤトの声は、少し、尖っていた。そして、「さ、行くよ」と言って、僕の分のタオルを押し付けてきた。僕はなんて言ったらいいのかわからなかった。ありがとう、でもないし、ごめん、はもっとちがう……。ただ、あたたかな感情が、胸のなかで溢れかえっていた。

「うん、行くか」

僕とハヤトはならんで部屋を出た。前日も歩いたはずの長い廊下が、なんだかとても短く感じられた。

ことばにはならぬ思いを春天に叫んでみたい朝だ「●○■♡！」

朝風呂を済ませて部屋に戻った僕たちは、ひとまず付近を散策することにした。温泉郷の敷地内にはバラ園があり、宮沢賢治の設計した日時計花壇などもあるらしかった。ホテルの前のゆるい坂道を十分ほど歩けば、有名な滝もあるという。

「あー、まじ気持ちいい！　超いい天気じゃん！」

ロビーから外に出た途端、ハヤトは心底気持ちよさそうに空を見上げ、目を細めていた。ハヤトが楽しそうでよかった、としみじみ思った。ハヤトがこれからもずっと、こんなふうに無邪気な笑顔を絶やさずに生きていけますように——。ちょっと大げさかもしれないけれど、ハヤトを見ていると、自然とそんな思いが胸に湧いた。好きなひとの幸せを願ったのは、初めてのことだった。

中学時代からこのときまで、僕はいつも自分の幸せばかりを考えていた。美術部の先輩のことも好きだったけれど、彼が僕を好きになってくれることを期待するばかりで、先輩の幸せを願ったりはしなかった。ネットで出逢い、相変わらず時おり連絡を取っていた野球部の彼も、かっこいいとは思うけれど、彼の未来について考えをめぐらすことはない。

「……ハヤトが楽しそうで、よかった」

胸のうちでつぶやいたはずの言葉は、思わず口からこぼれていたようだ。

「こんなん、めっちゃ楽しいっしょ！　だって俺、家族以外との旅行なんてはじめてだよ？」

ふだん年齢より成熟して見えるハヤトが、このときばかりは十六歳らしい笑顔を見せた。まぶしかった。春爛漫の東北の朝を照らす太陽より、ハヤトの笑顔のほうが、何倍もまぶしかった。

ああ、これが恋なんだ。報われなくてもいい。セックスなんて、できなくていい。ただハヤトが笑顔でいてくれればいい。そしてその笑顔を、近くで見ていられるだけで充分だ。

僕は、ほんとうの恋を知ったのだ、と思った。江ノ島で、トンビを見つめるアイコちゃんの顔がふいにまなうらに浮かんだけれど、僕は頭を振って、それを打ち消した。


ひとすじの白き光に刺されたる胸のはてなき痛みこそ恋

旅行中、ハヤトはずっと笑顔を絶やさなかった。浅春の候だったから、バラ園のバラは一輪も咲いていなかった。それでもハヤトは「なんにもねえ！　ウケる！」と笑っていた。地元では有名だという滝は、徒歩十分と聞いていたのに、思ったよりも近かった。いや、ハヤトがとなりにいたから、時間が速く流れていただけかもしれないけれど。丸くなめらかな岩肌の上を轟々と流れ落ちる滝はなかなか見応えがあって、ハヤトは「想像より全然すげえじゃん」とはしゃいでいた。

散策のあと小腹が空いた僕たちは、温泉郷のなかにある、古い蔵を改装した喫茶店でカレーと抹茶アイスを向き合って食べた。「うま！」と言ってビーフカレーを掻き込むハヤトの姿ばかり見つめていたせいか、僕は味をさっぱり覚えていない。

夜はとなりのホテルで中華料理のバイキングをたらふく食べたあと、旅館の売店でビールとチューハイをしこたま買い込んで、いったん部屋に戻ってから露天風呂に行った。僕がゲイであることをハヤトはほんとうに気にしていないようで、風呂では相変わらずタオルで前を隠したりはしなかった。僕は前夜と朝に引き続き、目のやり場に困ることになった。

しらたまの月に見惚れる少年はあやういほうへ傾いてゆく

「あー、やっぱ風呂上がりのビールって最高っすね！」

大浴場から部屋に戻ったハヤトと僕はさっそく、冷蔵庫で冷やしておいたスーパードライのプルトップを開けた。

「わかるわ。風呂上がりのビールとラーメンのあとの煙草はテッパンだよな」

とても高校生の会話とは思えないけれど、とにかく背伸びがしたくて仕方がない年頃だった。正直、僕はビールをうまいなんて思っていなかった。でも、ビールをぐびぐびと流し込むハヤトの、艶かしく動く浅黒い喉仏を見ていると、苦手なビールすらたまらなくおいしく思えた。

六階の特別室の窓からは、真っ白な満月が見えた。

僕がゲイだと知っても、ハヤトは変わらず懐いてくれる。昼間いっしょにはしゃいだあげく、いまはこうして向き合って、ふたりでビールを飲んでいる。完璧すぎだろ、と僕は思った。事実、すべてがあまりにできすぎていた。前夜、あんなに荒れていた夜空に、まんまるの月まで浮かんでいる、なんて。

ひょっとしたらこの恋、叶うんじゃないか——？

そんなあやうい思いが、僕の胸のうちで頭をもたげはじめていた。だって、祝福されているとしか思えない。そもそもこの旅行だって、充分に奇跡なのだ。アイコちゃんがバスで倒れたとき、僕はハヤトに冷酷さを見せてしまった。ほんとうは、あの時点で軽蔑されてもおかしくなかった。でも、ハヤトはこうして僕と一緒にいてくれる。笑顔で向き合ってくれている。

奇跡、起こるんじゃね……？

時刻は、午後十時をまわっていた。風呂上がりで、血行が良くなっている胃の腑にビールを一気に流し込んだせいか、僕はいつもよりも早く酔いがまわっていた。ハヤトと会話を交わしつつ、窓へ目を向ける。月は、ちょうど早池峰山の頂の真上あたりに、煌々と白く輝《て》っていた。

「ハヤトってさ、」

ふるえる声で、僕は切り出した。

「なに？」

「どうしても女の子しか好きになれない？」

僕の単刀直入な問いに、ハヤトは一瞬きょとんとしたけれど、すぐに笑顔になった。ああ、神様はやっぱり僕の背中を押してくれている。この恋は、きっと、叶う――。僕は完全に信じ込んでいた。

「あはは、当たり前じゃん！　男なんか絶対無理だって！　別にダンさんがホモなのは自由だけどさ。俺は絶対無理無理！」

まぶしい笑顔を浮かべたまま、ハヤトが無邪気に言い放つ。シラフであれば、僕はこの時点で冷静になれていたはずだ。でも、アルコールと白い満月が、十七歳の僕を狂わせていた。

「うん、わかるよ。でもさ、俺たちってめっちゃ合うと思うんだよね。一緒にいてこんなに楽しいひとに会ったの、俺はじめてだし」

「はは、ダンさん酔ってるっしょ！　なに、これ告白？　俺たち付き合っちゃう？」

来た。チャンスだ。ハヤトも、昨日より酔いがまわっている。いまなら僕の思いを受け入れてくれるんじゃないか……、という（愚かな、あまりに愚かな）期待が極限まで高まった。

「うん。付き合いたい。俺、ハヤトが好きなんだ。はじめて会ったときからすげえかっこいいと思ってたけど、今回の旅行でもっと思った。ハヤト、まじかっこいいしかわいいし。おまえが笑ってるの見てると、すげえ幸せなの。なんかさ、胸のあたりがさ……」

「ちょっとまって」

ハヤトが乾いた声で、僕の話を遮った。スーパードライの銀色の缶を握りしめたまま表情をなくしたハヤトの顔が、僕の目の前にあった。

「ダンさん、それマジで言ってんの？」

ハヤトが息を呑んだのがわかる。いつもは仔犬のようにまっすぐ僕を見る黒い瞳が、泳いでいた。

どうしよう。なんて言えばいいんだろう。混乱しながらも、僕は思わず「うん、マジ」と口走ってしまった。

「……ありえねえ。そんなん、ありえないっしょ。普通にキモいよ」

ハヤトの言葉を聞きながら、僕は額のあたりが急激に冷えてゆくのを感じていた。酔いは覚めていなかったけれど、血の気が引く感覚が、たしかにあった。祝福されている、とか、この恋が叶うかもしれない、なんて夢想していた自分の馬鹿さ加減に、やっと気づいた。

なんで言ってしまったんだろう——。胸のなかで、焦燥と後悔が烈しく渦巻く。どうにかしてこの場を取り繕わなくてはいけない、とわかっているのに、どうしたらいいのかわからない。

「ありえないよな。ごめん、忘れて」

記憶はあまり定かではないけれど、たしか僕はどうにか笑いながら、そう言った気がする。そのあとのことは、まったく憶えていない。

しらたまの月をうらめり浅はかな十七歳の胸をうらめり

部屋の寝室スペースは洋式で、ベッドが二つ置かれていた。前夜は奥のベッドに僕が寝て、手前側がハヤトだった。

僕は身体を右側に向けて寝る癖があった。ハヤトは逆で、左側を向いて寝ていた。

翌朝は七時過ぎに目が覚めてしまった。というよりも、ほとんど眠れなかった。元来そこまで酒に強くない僕は、飲んだら気絶したように眠り込んでしまうのが常だった。でも、このときばかりは、軽率に告白してしまった後悔が渦巻いて、ほとんど一睡もできなかった。

カーテンの隙間から、春の朝の日差しが入り込み、ぼんやりと部屋を照らしていた。僕の一メートルほど先に、ハヤトの寝顔があった。うっすらと口を開けて、すうすうと静かな寝息を立てている。その光景は前日と変わらないのに、僕たちの関係性は、もうすっかり変わってしまったのだ。僕の、あまりに浅はかな行動のせいで。昨日の朝、ハヤトは屈託なく笑っていた。でもきっと、このあと目を覚ますハヤトが、僕に笑ってくれることはないだろう。口を利いてくれるかどうかもわからない。ハヤトがずっと笑顔でいてくれればいい――。前日、僕はそう願ったはずだった。ほんとうの恋を知ったはずだった。でも、その笑顔を奪ったのは、僕だった。

僕はベッドに横たわったまま、薄目を開けて、ただハヤトの寝顔を見ていた。

バラバラになりそう　頭・腕・背中・爪先（ぼくのからだのぜんぶ）

ほどなくして目を覚ましたハヤトは、ベッドの上で「ううーん」とひとしきり唸ったあと、となりのベッドに横たわる僕を見て、そっと目をそらした。一応「おはよ」と言ってはくれたけれど、その声はひどく冷たかった。

朝食のときは、初日の夕食と同じように向かい合って座ったけれど、ハヤトと僕の目が合うことはなかった。ぱさぱさの塩鮭や、べたべたの味付け海苔を、ごはんにのせて、ふたり無言で食べた。

部屋に戻ってからも、僕たちのあいだに会話はなかった。正午のチェックアウトまではまだ三時間近く時間があった。一昨日と昨日は、あまりに楽しくて時間があっという間に過ぎた。でも、このときの三時間は、永遠に続くのではないかと思えるほど、重たく、長い三時間だった。ソファに寝転び、黙々と携帯をいじったり、ジャンプを読んでいるハヤトに、僕も声をかけることができなかった。

「俺、ちょっと風呂行ってきます」

気まずさに耐えられなくなったのか、ハヤトはタオルを持って、部屋を出て行った。

正午過ぎ、旅館をチェックアウトするときには、わざわざ支配人が見送りに来てくれた。

「お祖父様にくれぐれもよろしくお伝え下さい。またいらして下さいね」

僕は「ありがとうございます」と愛想笑いを浮かべつつも、少なくともハヤトとふたりで来ることは二度とないだろうな、と思っていた。ハヤトはただ仏頂面で、ぺこりと頭を下げただけだった。

帰りも、旅館のひとが大型のバンで僕たちを新花巻駅まで送ってくれることになった。

車が走り出すと、ハヤトはさっそく車窓に目を向けた。駅までの車中、ハヤトは行きのときと同じように、ずっと外の田んぼばかりの景色を眺めていた。

ひとことの重さを薄き胸に秘め黙るほかなきわれら十代

ニットキャップをかぶって、車窓を眺めるハヤトの横顔。物静かで、柔和そうな眼鏡の運転手。無言の車内。白いダッフルコートを着た僕――。駅から旅館まで送ってもらったときと完全に同じ要素が揃っているというのに、車内に流れる空気は、二日前とはまるでちがっていた。

ハヤトの横顔を、あらためてまじまじと見つめる。東京までの三時間、新幹線のなかでもずっとこの横顔を見続けなければならないのかと思うと、胸がものすごく苦しくなった。

苦しさに耐えきれなくなって、僕は目を閉じた。

四、さよなら三角

春休みが終わって、僕は高校三年生になった。僕と仲良くなってから登校日数が増えていたこともあって、二度目の留年を回避したアイコちゃんも、無事に高校二年生になった。そして、ハヤトも。

狂いゆく君のこころを護るためますます白くなりたる皮膚よ

とはいえ、春休みの旅行以降、ハヤトに会うことはなくなっていた。春休み前までは、下校時刻になると、階下の一年生の教室からハヤトが僕の教室まで走ってやって来て「ダンさん！」と白い歯を覗かせながら声をかけてくれていたのに。

すっかり定番になっていた三人での下校風景からハヤトの姿が消えて、またアイコちゃんとふたりきりで帰る日々が始まった。

「ハヤトくん、最近来ないね」

相変わらず抜けるように真っ白な頬の筋肉をわずかに歪ませながら、アイコちゃんが遠慮がちに言う。

僕は無言で頷いて、スクールバッグを肩にかける。

春休みに、ハヤトと僕のあいだで起こったできごとを、アイコちゃんに話すべきなのか？　決心が、つかない。

いっぽう、日々の下校風景からハヤトの姿がなくなったことに、どこかほっとしている自分もいる。もし三人でいるときに、またアイコちゃんが倒れたら。アイコちゃんを優しく抱きとめるハヤトを、ふたたび見るはめになってしまったら。きっと僕は、平常心を保てないにちがいない――。

「ダンくん、大丈夫？」

学校の廊下でぼうっと突っ立ったままになっていた僕に、アイコちゃんが声をかける。まさか、彼女から「大丈夫？」と問われる日が来るとは。「大丈夫？」と訊くのはいつも僕だったのに。

「――うん」

僕はアイコちゃんにぎこちなく笑いかけた。


四手桜《してざくら》ふくらむ坂をとぼとぼと散るに散れない僕らがくだる

バスは相変わらず空いていて、アイコちゃんと僕は最後尾のシートに並んで座る。アイコちゃんの視線が、呆然と窓外に目を向ける僕の横顔に注がれているのがわかる。

「ダンくん、やっぱなんか変だよ」

学校から湘南台駅まで、二十分。シラを切り通すのは無理だと思った。

「春休み、俺ハヤトと旅行行ったじゃん？」

「うん」

「……告《コク》っちゃってさ」

アイコちゃんが、要領を得ないような顔をする。

あらためて「好きだった」と言葉にされると、気恥ずかしい。

「ダンくん、ハヤトくんのこと好きだったの？」

「それで、あいつめっちゃ引いてさ。気まずくなっちゃった」

自嘲気味に言う僕に、なぜかアイコちゃんは満面の笑みを返して来た。

「いいじゃん！　ダンくん諦めちゃだめだよ。わたし、応援する。応援するよ」

いや、無理だって。絶対脈ないから……

言おうと思ったけれど、止めた。ひさしぶりに見たアイコちゃんの笑顔を曇らせたくなかった。

「でも口も利いてくれないし。けっこうハードル高いと思う」

率直に告げても、アイコちゃんは笑顔のままだ。真っ白な頰が、少し赤らんでいる。かつて僕にくちづけをせがんだアイコちゃんが、いま僕の恋路を応援すると言ってはしゃいでいる。

いま思えば、このときすでにアイコちゃんの心は悲鳴を上げていたのだ。心のなかに生じたさまざまな矛盾する感情を、彼女はどう消化すればいいのかわからなくなっていたのだろう。だから、笑っていたのだと思う。

「大丈夫。わたし、明日ハヤトくんと話して来る！」

無邪気にはしゃぐアイコちゃんを、僕は止めることができなかった。ただ、苦笑を返しただけだった。止めれば、よかった。

そんなことしなくていい！

余計なことはしないでくれ。

なんで言わなかったのだろう。言っていれば、その後のすべての運命が変わっていたかもしれないのに。


二十年《はたとせ》の過ぎていまなおまなうらにちらつく白よ　くるしき白よ

「ダンさん」

二日後、金曜日の昼休みの廊下でハヤトに呼び止められたときは、びっくりした。もう二度と、口を利けないと思っていた相手から、声をかけられたのだ。無理もないだろう。

「……なに」

驚きのあまり、思いのほか冷たい声が出た。

「話があるんです。今日放課後一緒に帰りませんか。アイコさん、今日は学校来てないんで、ダンさんとゆっくり話せるだろうし」

鼓動が、どんどん速くなってゆく。

（まさか、アイコの説得が功を奏した……？）

『ハヤトくんと話して来る！』

無邪気に笑っていた一昨日のアイコちゃんを思い出す。ひょっとしたら、本当に昨日、アイコちゃんはハヤトと話をしたのかもしれない。僕の恋心とちゃんと向き合ってみないか、と説得してくれたのかもしれない。だから、こうしてハヤトが声をかけてくれた……？

一瞬、希望に近い感情が、胸に湧き起こる。でも、頭の中には冷静な傍観者としての僕がいて「期待するな！　相手はノンケだよ」と警告を発している。旅行中はタメ口を利いてくれていたのに、ハヤトの話し方は、いつのまにか敬語に戻っていた。ただ、どちらにしてもハヤトは僕と話したいと言っているのだ。期待と警告が交互に去来する激しい心内を隠すように、僕は「わかった」と、努めて冷静な声でハヤトに告げた。

ほんとうの恋はかたちを失ってさよなら三角またきて四角

――嘘、だろ。

バーミヤンでハヤトから聞かされた言葉を、僕は信じられずにいた。

『昨日、アイコさんに誘われてヤっちゃったんです。俺、ずっとアイコさんのこと気になってたからすげえテンション上がっちゃって。でもダンさんには伝えておかないと、って思って。旅行のときから考えてたんですけど、俺はやっぱ女が好きなんすよ。てか、アイコさんがめっちゃ好き』

興奮に、若干の酷薄さが混じったような顔を思い出しながら、僕はひとりで小田急江ノ島線の各駅停車に揺られていた。何が本当で、何が嘘なのかわからなくなった僕は、おそらく完全な無表情になっていたと思う。相鉄線で帰るハヤトとは、湘南台駅前のロータリーで別れた。「じゃあ、また報告します」と言って笑顔で去って行ったハヤトのなかで、僕の告白はなかったことになっているような気がした。

それよりも、ハヤトの言っていたことは、本当なのだろうか。アイコちゃんがハヤトを誘って、ヤったというのは。夜になったら、アイコちゃんに電話をしてみようか……

ほどなくして、電車は中央林間の駅に到着した。急いだところで何かが変わるわけではないのに、電車を降りた僕は、田園都市線の改札に向かって全速力で駆け出した。残響のように耳やまなうらにちらつくハヤトの声や笑顔を忘れたかったたし、なにより、僕は何も考えたくなかった。小田急線の改札から、田園都市線の改札までは百メートルもない。それでも、走らずにはいられなかった。

よこしまな方がまだいい　無邪気とはときにかなしきものであるらし

思えば、僕からアイコちゃんに電話をするのはかなりレアだった。ひょっとしたら、初めてかもしれない。早く出ろよ。いや、やっぱ出なくていい――。ぷるるる、というコール音を聞きながら、僕の心臓はとくとくとすばやく脈打っていた。

「ダンくん？」

数十秒ののち、電話に出たアイコちゃんの声は、拍子抜けするほど無邪気だった。僕に「死にたい」「手首を切ってしまった」と電話をして来るとき、アイコちゃんの声はいつも弱々しく震えていたものだった。でも、この日に限っては、「うん、俺」と答える僕の声こそ、震え、掠《かす》れていた。

「どうしたの」と訊ねるアイコちゃんの声は、潑剌《はつらつ》としている。いつもの儚くて、消えてしまいそうな彼女と、電話の向こうにいる少女は別人なのではないか、とすら思った。

「あのさ」と切り出そうとはするものの、ついつい言いよどんでしまっている僕を気にする素振りもなく、電話口のアイコちゃんが一方的にぺらぺらと嫌いな教師の悪口を語る。傍から見れば、このときの彼女の様子はごく正常で、健全な女子高生そのものだろう。ただ、僕からすれば「異常」以外のなにものでもない。アイコちゃんがこんなに饒舌《じょうぜつ》なのは、初めてだ。

「ごめん。あのさ、今日ハヤトから聞いたんだけど……」

「うん、それでね！　吉田先生が超ウザくてさあ。学校来いって毎日電話して来るの」

会話が、成立しない。アイコちゃんは頑なに僕の言葉を聞こうとしない。電話で話しているというのに、まるで街の雑踏に向かって独り言を言っているようだ。

「アイコ！　聞けよ！」

僕が声を荒らげると、やっと電話口のアイコちゃんが静かになった。

「ハヤトとヤったって、マジ？」

詰問する僕の声は、もう震えていなかった。

「うん。ヤったよ」

と、悪びれもせずにアイコちゃんが答える。

——だって、ダンくんが心配だったんだもん。ダンくん、ハヤトくんはやめたほうがいいよ。昨日もね、すごく乱暴だった。がっついてる感じでさ。たぶん童貞だったんだよね。わたし、全然気持ちよくなかったよ。わたしが好きなのはダンくんだけだもん。だから、これからもわたしがダンくんを守ってあげるから、安心してね。それよりさあ、聞いてよ！　最近はちゃんと学校行ってるのに吉田ったら本当にウザくてさあ……。

背筋が、寒くなった。アイコちゃんの屈託のない声を聞きながら僕が胸に抱いていたのは、怒りやショックではなくて、ただ純粋な恐怖だった。彼女は、壊れてしまったのだ。僕がハヤトに恋をしていることも、岩手への旅行でハヤトと僕のあいだに起こったことも。すべてを知った上で、アイコちゃんはハヤトとセックスをした。そしてそれは、「ダンくんのため」なのだという。こめかみが、痛くなって来る。アイコちゃんにハヤトを「寝取られた」（というのが正しいかどうかはわからないが）という事実よりも、アイコちゃんが壊れてしまった、という現実のほうが僕には衝撃だったし、とても怖かった。再び黙り込んでしまった僕を気にするでもなく、吉田先生の悪口を言い募るアイコちゃんは、まさしく「壊れたラジオ」のようだった。

ぺちゃくちゃと喋り続けているアイコちゃんに「ごめん」と言って、僕は恐怖に震える手で電話を切った。ひょっとしたらアイコちゃんは電話をかけ直してくるかもしれない、と思わないでもなかったけれど、僕の携帯電話が鳴ることはなかった。

ツーツーと音を立てているだけの携帯電話に向かって、ひたすら独りで話し続けるアイコちゃんの横顔が脳裏に思い浮かんで、全身が粟立《あわだ》った。

翌日の土曜日、下校時刻の正午過ぎに教室を出ようとすると、廊下にアイコちゃんとハヤトが腕を組んで立っているのが見えた。僕が通っていた学校の教室のドアには丸いガラス窓がはめ込まれていて、教室の中から廊下を窺うことができるのだ。ふたりは満面の笑みを浮かべて、楽しげに話している。昨晩、壊れたラジオのように喋り続けていたアイコちゃんの声が、僕の耳底にありありと蘇る。昨日は僕に酷薄な笑顔を見せたハヤトが、いまはアイコちゃんに優しく微笑みかけている。

花という花を散らして吹きすさぶただひとすじの風になりたい

ふたりはきっと、僕が教室から出てくるのを待っているのだろう。

――ダンさん！

――ダンくん！

旅行での告白も、昨晩の電話も。すべてなかったかのように、ふたりは「一緒に帰ろう」とでも言うのだろうか。冗談じゃない。

怒りと恐怖、くわえて嫉妬。あらゆる負の感情がぐるぐると、僕の心のなかで大きな渦を巻き始める。ハヤト、おまえは騙されてるよ。その子は、壊れているんだ。大輪の花のような笑顔も、おまえとセックスをしたときに発したかもしれない嬌声も！　ぜんぶ、ぜんぶ、〝バグ〟なんだよ！　その子はおまえを見ていない。いや、いまはもう、なにも見えていないんだ――。

　僕の心の叫びが、ハヤトに届くはずはない。かと言って、このましれっとふたりの前に笑顔で登場する勇気も気力も、僕にはなかった。

　僕は、逃げることにした。

　教室には、前方と後方にそれぞれ一つずつドアがある。後方のドアから出れば、ちょうどふたりの死角に入って、バレることなく外に出られるはずだ。〝半ドン〟の土曜日ということもあって、教室内に残っている同級生たちは、これからどこへ遊びに繰り出そうかとがやがやと語り合っている。僕は彼らに「じゃあな」と小さく声をかけて、教室の後方に向かった。おう、また来週な、という声を背中で聞きながら、僕は教室から飛び出した。そしてそのまま、校舎の一番奥の出口から中庭に出て、校門まで猛ダッシュした。

――ダンさん！　どこ行くんすか！　一緒に帰りましょうよ！

――ダンくん！　逃げないで！

　ふたりが追ってきたらどうしよう――。采振木の白い花が咲き初《そ》める坂道を、僕は必死の形相で駆けてゆく。悠長にバスを待っていたら、ふたりに追いつかれてしまうかもしれない。バス停の横にはタクシー乗り場もあって、この時間なら一台か二台、待っているはずだ。学校から駅まで、タクシーだと千二百円近くかかる。でも、ハヤトとアイコちゃんから逃げるためならば。いや、壊れたアイコちゃんから逃げるためならば。出費なんか、惜しんでいられない。

僕は後ろを一度も振り返らずに、バス停の奥のタクシー乗り場を目指した。頃合いよく、個人タクシーが一台停まっている。

「すみません、辻堂の駅までお願いします」

ハヤトもアイコちゃんも僕も、みんな湘南台駅から小田急線か相鉄線に乗って帰る。でも、もし駅で電車を待っている間に追いつかれてしまったら——。強迫観念が極限に達していた僕は、だいぶ遠回りになるけれど、湘南台駅ではなくて辻堂駅からＪＲで帰ることにした。辻堂駅までだと、タクシー代は二千円を超えるだろう。それでも、僕はとにかくふたりから逃げることに必死だった。辻堂ならば、よもや彼らに追いつかれることはあるまい。

個人タクシーのモケット張りのシートに身を沈めて、僕はようやく大きく息を吐《つ》いた。運動が大嫌いなくせに、無理をして走ったせいか、心なしか左胸が痛かった。僕は、このまま心臓発作で死んでしまうのではないか、と怖くなって、左胸を両手で押さえる。タクシーの運転手が、バックミラー越しに僕を怪訝な顔で見ている。胸を押さえていても、痛みは消えてくれなくて、ずんと重かった痛みが、徐々にキリキリとしたものに変わってくる。痛みが辛くて、今度は胸をさすりはじめる。さすっているうちに、痛みは少し和らいだけれど、左の肋骨の芯のあたりがずっと疼《うず》いている感じがした。なかなか消えない痛みと不快感をやり過ごそうと瞼を閉じる。すると、今度は左瞼がぴくぴくと震えて、目を閉じていられないのだ。胸の痛みと、左目の違和感に気を取られていると、呼吸が苦しくなって来た。深呼吸をしようと、息を吸い込もうとするのだけれど、ひっひっ、という変な音が出るばかりで、うまく息が吸い込めない。

さすがにおかしいと思った運転手が「君、大丈夫？」と眉をしかめながら訊ねる。僕は浅い息を繰り返しながら、どうにか「大丈夫です」と伝える。このまま病院にでも連れていかれてしまっては、たまらない。親にこんな状況は説明できないし、なにより僕はいまどこかに足止めされるわけにはいかないのだ。一刻も早く、逃げなくてはならない。ハヤトも、アイコちゃんも、決して追って来られない場所まで――。

果てしなく白い大きな怪物が　入道雲が　近づいてくる

＊

――先生。僕、なんだかおかしくなりそうなんです。胸が痛くて。目もぴくぴくして眠れないんです。アイコちゃんが、怖いんです。このまま彼女と一緒にいたら、僕のほうが参ってしまう気がするんです。

目の下に大きな隈をつくって、ふらつきながらそう告げる僕の姿を、吉田先生は痛ましそうな表情で見つめていた。

職員室の前で声をかけて「相談があるんです」と言ったとき、吉田先生はすでにすべてを察しているようだった。職員室だとひと目があるから、と僕を来客用の応接室に通してくれた。アイコちゃんの話だと、気づいていたのだと思う。

「ごめんなさいね……。本当は担任のわたしが彼女をしっかり見ていなければならないのに、あなたに負担をかけてしまったわね」

先生は、心底申し訳なさそうに言った。

「僕は……。僕は、逃げてもいいのかな」

「逃げていい。逃げていいのよ。このままじゃ、あなたまで心を壊してしまう。そんなことになったら……。相談してくれてよかったわ。わたし、教師失格ね。あなたがこんなになるまで、気づけなかったなんて。本当にごめんなさい。あなたは逃げていい。むしろ、逃げてちょうだい。あなた自身を守るために。誰かのために、あなたの青春を犠牲にする必要はない」

大好きな吉田先生の真摯な言葉に、僕のなかで何かが弾けた。涙が止まらなかった。

吉田先生からの「オサノ君の力が必要なの」という言葉で、僕のなかにある種の義務感が芽生え、ずっとアイコちゃんのそばにいた。

いや、それは詭弁か。たしかに最初のきっかけは吉田先生だったかもしれない。でも、ゲイである自分を認めたくなくて、アイコちゃんを〝利用〟したのは、ほかでもない僕自身だ。そんな狡猾さや卑劣さが、自らの心根に深く巣くっていることに、僕は改めて気づかされたのだ。〝逃げること〟を許されてほっとしたのにくわえて、狡くて、卑劣な自分が悔しくて情けなくて、あのとき涙が出たのだろう。

睡眠不足でふらふらになっていた僕を見かねた母に病院へ連れて行かれたのは、アイコちゃんから（そしてハヤトから）逃げるようになって、ひと月ほど経ったころだった。胸の痛みも、瞼の痙攣も、まだ止まっていなかった。

「――典型的な自律神経失調症ですね」

淡々と告げる医師の言葉に、母は、信じられない、といった面持ちで「まさか」とくり返していた。僕は家では、努めて明るくふるまうようにしていたから。

「先生、これはメンタルな病気ですか。それとも、フィジカルな病気なのでしょうか」

僕の疾患をいまだ信じられずにいた母を横目に、僕は医師に訊ねた。

「完全にメンタルな病気ですね。何か心当たりがあるのかな」

先ほどまでと打って変わって優しげな口調になった医師に、僕はすべてを打ち明けたくなったけれど、傍らにいる母を驚かせたくなくて「いや、特にないです」と答えた。とはいえ、医師もプロなりになにかを察していたのかもしれない。僕の肩をぽんぽんと叩いて、「とにかくいまは何も考えずに、ゆっくり旅行に行ったりしなさいよ」と言ってくれた。僕には精神安定剤と抗不安剤、そして軽い睡眠導入剤が処方された。病院からの帰り道も、母は「なんであんたが……」と相変わらず納得できない様子だった。

桃色のねむりぐすりは半減期過ぎていまなお胸に巣喰えり

医師に指示された通りに安定剤と抗不安剤を服用して、就寝前に睡眠導入剤を飲むようになってから、僕の心身の状態はだいぶ改善した。

とはいえ学校に行けば、以前と同じように下校時刻になるとアイコちゃんとハヤトが僕の教室の前で待ち構えている。でも、薬のおかげなのか、はたまた吉田先生の「逃げていい」というひと言のおかげなのか、僕は彼らから逃げることに罪悪感を覚えなくなっていた。

梅雨に入ったころだっただろうか。それまで、いつもかならずハヤトと一緒だったアイコちゃんが、ひとりで僕の教室の前で待ち構えるようになった。ハヤトとアイコちゃんが、結局恋仲だったのかどうかはわからない。セックスをしたのはたしかだろうけれど、果たして恋人として交際していたのかどうかは、僕には知るよしもない。ただ、梅雨のある一時期から、ハヤトがアイコちゃんの傍を離れたのは事実だった。

俯きがちに、ひとり廊下で僕を待つアイコちゃんを教室の小窓から覗き見ながら、僕はどこかほっとしていた。きっとハヤトは気づいたのだろう。アイコちゃんが壊れてしまっていることに。そして、うまく彼女から逃げることができたのだ。

——いまならわかる。アイコちゃんは、誰でもいいから縋《すが》るほかなかったのだ。ただ、彼女が抱えていたものは、十八歳の僕の肩にも、十六歳のハヤトの胸にも、あまりに重すぎた。ひと月近く続いていた彼女のハイテンションは、燃え尽きる寸前の蠟燭から立ち上るひときわ明るい炎であり、僕の恋するハヤトを「寝取った」のは、僕の関心を繋ぎとめるための、多分に撞着的なＳＯＳだった。彼女も僕も、限界に近づいていた。

アイコちゃんと僕。どちらが先に壊れるか——。

あまりに悲しく、虚しい競争だった。ハヤトをこの競争に巻き込まずに済んだこと。ハヤトがうまく逃げてくれたこと。それだけが、救いだった。ハヤトが壊れなくてよかった——。自分が心底そう思っていることに気づいたとき、僕のハヤトへの恋は「ほんとうの恋」だったのだ、と思った。

お互いの胸の脆さを晒しあうことではかなくつながっていた

毎日、僕の教室の前で待ち伏せるアイコちゃん。声をかける隙も与えず、アイコちゃんから逃げる僕。じめじめとした梅雨真っ盛りの湘南の丘で、「競争」は続いた。当初は教室から走り出て、バス停まで坂道を駆け下りていた僕も、蟬の声が聞こえはじめるころにはすっかり余裕ができて、悠々と教室から歩いて出るようになった。安定剤や、抗不安剤がよく効いていたのかもしれない。

スクールバッグを担いで、だらだらと歩く僕の後ろを、アイコちゃんは無言でついてくる。縋るような、何か言いたげな視線を背中に感じるけれど、僕は決して振り向かない。

「……ダンくん」

よたよたと足音を立てて、アイコちゃんが僕に声をかける。声をかけられてはさすがに無視はできなくて、「なに」となるべく冷たく聞こえるように、目を見ずに僕は訊き返す。

「なんで最近一緒に帰ってくれないの」

「……自分の胸に聞いてみなよ」

僕が恋い焦がれたハヤトと寝たアイコちゃんに対しての怒りや嫉妬が、僕にさらに冷たい言葉を吐かせたのだ。彼女が病んでいることも、心が正常な機能を喪《うしな》ってしまっていることも、ぜんぶぜんぶ、僕はわかっていたはずなのに。

悪いのはおまえなんだ、と言い捨てて花の舞い散る坂道をゆく

僕は、最低だった。最低で、最悪で、卑怯な若者だった。消えるべきなのは、病んでなお可憐で美しい少女ではなく、卑怯で、卑屈で、自分にすら嘘をつき続けた、僕のほうだったのだ。

*

梅雨が明けて、夏本番になった。

長かった一学期が終わり、夏休みに入ろうとしていた。このころにはもう、学校でアイコちゃんを見かけることはなくなっていた。彼女の担任である吉田先生に、現況を訊ねてみようかと思ったこともあったけれど、結局僕はそれをしなかった。

終業式まで一週間を切った、七月の半ば。

僕は学校の廊下で、久々にハヤトに出くわした。ハヤトの傍らには、見ず知らずの派手な女の子が立っていた。親しげな様子からして、ハヤトの新しい（そしてマジの）彼女なのかもしれない、と思った。

「ひさしぶり」

薬を飲み始める前の僕だったら、きっとハヤトに声をかける勇気はなかっただろう。でも、すっかり気が大きくなっていた僕は、気安く彼に声をかけたのだった。

「ひさしぶりっす」

ハヤトは、酷薄さを多分に孕《はら》んだ笑顔を僕に向けた。傍らに立つ「彼女」は、きょとんとした顔で僕を見ている。

「ダンさんだよ。おまえも、噂くらい知ってるっしょ」

意味深なことをささやくような口調で、ハヤトが「彼女」に僕を紹介する。いかにも「ギャル」といった風情の明るい髪の彼女は合点がいったようで「ああ！」と声を上げた。そして、これまた意味深な笑顔で「どうもぉ」と僕に挨拶をした。

ふたりの態度を見ていて、僕はなんとなく事情を察した。ハヤトは、僕がゲイで、ハヤトに告白したことを、学年中に言いふらしているのではないか、と思った。そして、ハヤトの傍らにいる「彼女」も、きっとすべてを知っているのだ。

とはいえ、このとき僕は、傷つかなかった。いや、少なくとも傷ついたことに気がつかなかった。あれもまた、抗不安剤の為せるわざだったのかもしれない。

「ところで、最近アイコと一緒にいないの」

新しい「彼女」の目の前で、僕は敢えてアイコちゃんの名前を出した。新しい「彼女」と楽しげにしているハヤトが困惑するさまを見たい、という邪《よこしま》な期待があった。

「いないっすよ。てか、最近アイコさん全然学校来てないっすから。最後に来たとき、ダンさんが冷たい、って泣きそうでしたよ」

「攻撃」はあっけなくかわされて、僕はハヤトから攻め返された。

「……俺が優しくしないほうが、アイコのためなんだよ」

訳知り顔で僕は、ハヤトに反撃する。

「まあ、俺は別にどうでもいいんすけど。アイコさんかわいそうじゃないすか」

ついこの間まで「アイコさんが好き」と言っていたくせに！　そう言って俺の告白をなかったことにしたくせに！

投げつけてやりたい言葉を胸の裡にどうにか押し止めて、僕は「もういいんだよ」とぶっきらぼうに言い放って、「じゃあな」とハヤトに背を向けた。ひとりでバス停に向かって坂道を下りながら、ハヤトに対して怒っていない自分に気がついた。さっき彼女と一緒にいるハヤトと相対したときは、怒りをぶつけたい衝動に駆られた。でも、こうしてひとりになって冷静になると、僕はハヤトが新たな伴侶を得て、楽しそうに学園生活を送るのはいいことだ、と感じていた。いや、そう思い込もうと必死だった。

――相手の嫌なところも、全部好きになる。相手の醜さをも好きになってしまう。それこそが、「本当の愛」なのよ。

ゲイであることを公にしている、黄色い髪の有名な歌手のひとが、テレビの人生相談コーナーで言っていたことばを思い出していた。僕は、自分が本当にハヤトを「愛していた」のだと、思いたかった。ハヤトへの恋にも意味があったのだ、と信じたかった。少なくとも、あれは「ほんとうの恋」だったのだ、と。

ひとり下校する神奈中《かなちゅう》バスのなかで、僕は途端に不安に襲われた。ふたりから必死で逃げたあの日の胸の痛みや、瞼の痙攣が、ぶり返すような予兆があった。すると、急に先ほどハヤトから投げかけられた言葉が、何やらとても恐ろしいものだったような気がして、体がにわかに震えだした。

──ダンさんが冷たい、って泣きそうでしたよ。

──アイコさんかわいそうじゃないすか。

自己肯定と自己否定。嘘とまこと。信じたいものと、信じたくないもの……。色々な思いが交錯し、竜巻のように胸のなかで渦巻く。鼓動が急激に速くなってゆく。呼吸が浅くなってゆく。僕は慌てて、スクールバッグの中から薬袋を探す。「突然の不安に襲われたときに頓服するように」と医師から渡されていた抗不安剤を二錠取り出して、ペットボトルのお茶で飲み込む。

薬が効きはじめるまでの数十分間、僕はずっと胸をさすりながら、アイコちゃんのことを考えていた。いくらなんでも、僕は酷かったんじゃないか。あんな風に冷たく突き放す必要はなかったんじゃないか。先生から「逃げていい」と言われていたとしても、もっと、彼女を傷つけずに済む、穏便な「逃げ方」や安全な「逃げ道」があったはず──

僕は自分がなにか取り返しのつかないことをしているのではないか、という思いに支配された。今夜、アイコちゃんに電話をしてみよう。せめて、僕が彼女を嫌いになったわけではない、と伝えなければ……

揺れ動く心もろとも〈神奈中〉の淡き黄色のバスに委ねる

家に着いて部屋に入ったころには、心はもうすっかり落ち着いていた。薬が、効いたのだ。とはいえ、アイコちゃんに電話をしたほうがいいのではないか、という思いは、まだ心に燻《くすぶ》っていた。

このころ僕は、家の仕事の関係もあって、夏休みには基本的にハワイで過ごしながら、現地の語学学校に通っていた。かくいうこの年もそうだ。翌月には、成田からホノルルへ出立することになっていた。このままアイコちゃんが夏休みまで学校に来ないとなると、次に会うのはどんなに早くても夏休み明けになる。いまのように、LINEやSkypeはなかったし、ハワイから日本への国際電話には、かなりお金がかかる時代だった。携帯でメールを送れるようにはなっていたけれど、海外ローミングサービスなどは、まだ普及していなかった。

せめてアイコちゃんに、声だけは聞かせておこう。それだけで、少しは彼女の気も休まるかもしれない。

僕は、もう発信履歴に残っていないアイコちゃんの電話番号を電話帳から探し出して、通話ボタンを押した。

ぷるるるる、とコール音がしてまもなく「……もしもし」という弱々しい声が聞こえた。アイコちゃんは、最後に会ったひと月近く前よりも、明らかに憔悴していた。

「……ひさしぶり」

アイコちゃんにつられたのか、僕の声もひどく頼りないものだったと思う。

「うん……」と答えるアイコちゃんに、僕の声は届いていないような雰囲気だ。

「ちゃんと、薬飲んでる？」

僕の問いかけにも、アイコちゃんは機械的に「うん……」と言うだけだ。

「俺もね、最近薬飲んでるんだ。すごく効くよ。アイコが飲んでいるのとはちがうやつだと思うけど。でも、アイコもちゃんとお医者さんの言う通りに薬を飲めば、きっと元気になるよ」

僕は何かに背中を押されているかのように、一生懸命アイコちゃんに語りかける。それでも、アイコちゃんはやはり「うん……」としか言わない。壊れて喋り続けていたラジオは、ついに電池も切れかかっているのかもしれなかった。

「アイコ。俺、アイコを嫌いになったわけじゃないんだ。ただ、アイコが俺に依存してしまっているのが怖かったんだ。そしてそれは、アイコにとっても良くないと思うんだ。俺ね、アイコがハヤトとヤったたって知ったとき、やっぱショックだったよ。悲しかった。でも、アイコに悪気があったんじゃない、ってわかってる。全部、病気のせいなんだよ。アイコの心がいま、病んでしまっているからだと思うんだ。ねえ、アイコ。だからさ、薬飲もうよ。ちゃんと薬を飲んだら、絶対に元気になる。夏休みが明けて、元気になっていたらさ、また前みたいに一緒に帰ろうぜ。それでさ、横浜で遊ぼうよ。渋谷で塾高の奴らと一緒につるむのも悪くないよな。アイコ、塾高に友達いないだろ？　俺、紹介するよ。それにさ……」

僕はいつのまにか、「壊れたラジオ」になっていた。

＊

東京にいる母から、ハワイの別宅に電話がかかってきたのは、お盆の初めのころだった。

「ダン！　藤田アイコちゃんが亡くなって……。いまお父さまから電話いただいたの。ダン君はとりわけ仲良くしてくれたから直接伝えたかったって。心不全だ、っておっしゃっていたけれど……」

息せき切ってアイコちゃんの死を伝えて来る母の声を聞きながら、僕は床にへたりこんだ。床に落としてしまった受話器から「ちょっと！　ダン？」と呼びかける母の声が聞こえてくる。でも僕は、受話器を再び手に持つことも、立ち上がることもできなかった。

僕のせいだ、と思った。

心不全なんて、嘘にちがいない。アイコちゃんのお父さんが、僕や母を動揺させまいと、とっさに優しい嘘をついてくれたに決まっている。でも、僕にはわかる。彼女は、自ら命を絶ってしまったのだ。

僕がハワイにいることは、彼女も知っていたはずだ。どんなに急いだとしても、ハワイからでは、きっと通夜はおろか告別式にも間に合わない。僕に死に顔を見せまいとして、僕がいない時期を選んだのだろうか。それとも、ひょっとしたら僕の日本の携帯電話に何度もSOSをかけたのに、僕が出なかったから絶望してしまったのかもしれない。どちらにしろ、僕のせいだ。僕が悪いのだ。僕が「逃げ方」を間違えたから。卑怯で、卑劣な僕が、アイコちゃんを殺したのだ、と思った。怒りや嫉妬に駆られた心を、吉田先生の「逃げていい」という言葉で誤魔化して。「彼女のため」という卑劣な言い訳まで用意して——

紺碧とよぶほかはなきほどあおいそらがいまにもとけだしそうだ

僕が帰国したのは、アイコちゃんの葬儀が終わって二週間ほどが経った、八月末日だった。成田空港に着いて、日本の携帯電話の電源を入れると、同級生から何通もメールが入っていた。

——ダン、大丈夫？

——アイコと仲良かったよね。葬式来てなかったけど、おまえも参ってるんじゃないかって心配してる。

——ダン君元気出してね！　お葬式、すごく悲しかった。みんな泣いてた。ダン君の分もちゃんとお祈りしておいたから、元気出してね。

空疎な励ましや、形ばかりの心配の言葉（というふうにしか、僕には捉えられなかった）が次々と受信ボックスに現れる。成田エクスプレスに揺られながら、返信しようかどうか悩んだけれど、僕はすべてをスルーすることにした。

通夜にも、告別式にも出られず、アイコちゃんのお父さんからの言伝《ことづて》を母から聞いた僕は、いまだにアイコちゃんの死が信じられなかったのだ。まるで自分が、パラレルワールドで生きているような心持ちだった。

携帯電話をパタンと閉じて窓際に置いても、メール受信を知らせるぶぶっという音が鳴り続く。気にしないで眠ってしまえ、と目を閉じる。ところが、最近ではすっかり良くなっていたはずの左瞼の痙攣が再発して、どうしてもうまく目が閉じられない。ぴくっぴくっという痙攣は、瞼だけではなくて、顔の左半分全体に広がっているような気がした。

早々に眠ることを諦めた僕は、再び携帯電話を手に取った。受信メールのチェックを再開する。ほとんどは同級生からのメールだけれど、それも数えてみたら全部で十五件ほどだった。

あとで返信すればいいだろう、と思いながら一通一通見てゆくと、見慣れないアドレスからの長いメールが出てきた。件名には「おひさしぶりです」とある。誰だろう、と訝《いぶか》りながらメールを開く。日付は、僕がホノルルに旅立った翌々日になっている。アイコちゃんがこの世を去る一週間前だ。

〈ダンくん、おひさしぶりです。覚えていますか。前に出会い系の掲示板で知り合った藤沢の大学生です。ずっと連絡できなくてごめん。それから、俺から会いたいって言ったのに、勝手に消えちゃってごめんなさい。ダンくんにどうしても謝りたいことと頼みたいことがあって、我慢できずにメールをしました。あのとき、ダンくんと一緒に寮に遊びに来てくれたアイコちゃんと、実は俺、付き合っていました。あのときはちょっと男にも興味があったから、初めてゲイの出会い系掲示板を使った。でも、ダンくんと一緒に来たアイコちゃんを見て、すげえかわいいと思いました。あのときアイコちゃんと俺は連絡先を交換していたから、夜さっそくメールをしてみました。そうしたら、アイコちゃんがまた会おうと言ってくれました。翌週に横浜で会って、ラブホに行って、付き合うことになりました。二ヶ月くらいやりとりをして、週末に会うようにしていたんだけれど、結局その後連絡が途絶えるようになりました。でも、最近になってやっぱり俺はアイコちゃんが好きなんだと気づかされました。こんなこと、ダンくんに頼むのは最低だと思うけど……。アイコちゃんにもう一度俺に連絡するように言ってもらえませんか。あるいはせめていまどうしているのかだけでも知りたいです。俺はいま……〉

長いメールを読みながら、僕は思わず笑ってしまった。笑いながら、だくだくと涙が出てきた。もうこの世にいないというのに！　それなのに、まだ僕をこんなに驚かせるなんて。「同志」でも「ともだち」でもない。

アイコちゃんは、いたずらっ子ではすっぱで、僕にとって唯一無二の存在だった。もう、それでいいと思った。

ぴーひょろ。ぴーひょろろ。

あの日の、トンビの鳴き声が耳底に蘇る。夏空をまぶしそうに見上げる、アイコちゃんの横顔も。

僕たちの関係に、名前なんかいらなかった。

ただ、死んでほしくなかった。

彼女を死なせずにすむ方法が、あったはずだった。あっぱれ！　と叫びたいような気持ちと悲しみ。そして、決して消えそうにない罪悪感――。矛盾する感情の波に飲まれそうになりながら、僕は東京駅に着くまでずっと、笑いながら泣いていた。

携帯電話を握りしめ、泣き笑いしている僕を、通路を挟んで同じ列に座る黒人男性が怪訝な顔で見ていた。

五、わすれぐすり

アイコちゃんが消えてしまってからの高校生活は、思いのほか何事もなく過ぎた。胸のうちには寂しさや悲しみとはちがう、何と名付けたらよいのかわからない、あやふやな感情がずっと燻っていたけれど。

アイコちゃんの死について、不思議なくらい、僕は誰からも責められなかった。

むしろ、責めてほしかった。

あの子が消えたのはおまえが逃げたせいだ。おまえの弱さが、ひとりの少女のうつくしい命を奪ったのだ、と。

あかるさのしるしなるべし葉桜はわすれぐすりのごとくにゆれて

慣れないスーツを着て、日吉駅の改札を出る。横断歩道を渡れば、そこはもう大学のキャンパスだ。緩い坂道には銀杏《いちょう》の大樹が立ち並んでいて、薄青い若葉が四月の風のなかでさかんに揺れている。たった一年のうちに起こった苦しいできごとを忘れさせてくれるほど、春のキャンパスの光景はあかるい。あまりにのどかであかるくて、すべてが偽物に見える。

――ダンス興味ないすかー？

――テニスやりましょー！　今夜新歓やりまーす！

サークルの看板を持った学生たちが、スーツ姿の僕に声をかける。ひとが多くて、坂道を上った先にあるはずの大講堂が見えない。進むほどに、世界があかるくなってゆく。アイコちゃんの死など、まるでなかったかのように、春の坂道は楽しくてきらびやかな世界へと続いている。

これは、ほんとうなのだろうか――？

入学式当日のキャンパスの健全さは、僕には幻想とすら思われた。銀杏並木の坂道は、さながら能舞台の橋掛かりだ。進むほどに、僕は過去へ戻ってゆく。アイコちゃんやハヤトに出会う前の、僕がまだ業《ごう》を背負っていなかった時代へと戻ってゆく。

「お、ダンじゃん！　超ひさしぶり！」

「すげえ、おまえ雰囲気変わったなー」

別の高校に進学して離れ離れになっていた、小学校や中学校時代の同級生が僕を見つけて声をかけてくれた。

「めっちゃひさしぶり。みんな変わんねえな」

曖昧な、苦笑とも微笑とも言い難いぎこちない笑顔を浮かべた僕を、彼らがどんな表情で見ていたのか、思い出せない。足元がふわふわしていた。このあかるい入学式の雰囲気がまぼろしなのか、はたまた僕が過ごしてきたこの一年の仄暗《ほのぐら》い日々がまぼろしなのか。僕にはわからなかった。

さやかなる卯月《うづき》の風がキャンパスをめぐりてやがて胸で渦巻く

　小学校時代の同級生と横並びになって、入学式会場の大講堂を目指して並木道を進む。やがて左手に、白いタイル張りの、大きな図書館が現れる。図書館の前では、ものすごくたくさんのサークルの人たちが、新入生を勧誘している。サークルのロゴの入った揃いのブルゾンを着て大声で叫ぶ派手なイケメンや、華やかなチアリーダーを従えて応援歌を流している応援指導部の部員たち。いかがっすかあ？　名前だけとりあえず書いて行ってよ！　君すげえかわいいじゃん！　とりあえず新歓だけでも来ねえ？　――悩みや葛藤とは無縁のあかるい声が、ひっきりなしにキャンパス中を飛び交う。少し肌寒い朝だというのに、水泳部の男子は、半裸にボディペイントという姿で勧誘している。とてもふざけた光景なのに、新歓オリエンテーション期間のキャンパスを席巻する若い肉体や精神は、ものすごく健全で、輝いていた。
　次々と投げかけられる誘い文句にきょろきょろとしながらも、同級生と僕の三人は、とにかく入学式に出なければならない。開始時間までは、もうあと五分を切っている。強引とも思える勧誘には「式終わったらまた来ます！」と言って僕らは講堂へと急いだ。

〽見よ
風に鳴るわが旗を

新潮寄《にいじお》するあかつきの
嵐の中にはためきて……

小学校のころから幾度となく歌わされた慶應義塾塾歌。取り立てて好きな歌というわけではなかったけれど、銀杏の若葉と桜花の花弁が舞うキャンパスで歌うと、こうもちがって聞こえるものかと思った。僕はジル・サンダーで誂《あつら》えたグレーのスーツに、アッシュがかった茶髪を外ハネにして式に臨んだ。隣にいる小学校からの同級生は、ほぼ金髪だ。ピアスを、左右の耳に合計五個つけている。右斜め前の席に座っているのは、中学校時代の同級生で、クラスで一番かわいいと言われていたレナちゃん。明るい色の髪はきれいに巻かれているのに、着ているスーツはダークで、どこかちぐはぐだ。
「ダンくん、ひさしぶり」
塾歌斉唱が終わって再び着席しようとしたときに、振り向いたレナちゃんから声をかけられてびっくりした。しばらく会わないうちに、顔立ちはずいぶん大人びていて、きらめくような笑顔からは、彼女が女子高で華やかな三年間の青春を味わい尽くしたことが、容易に想像できた。

にがよもぎ色の青春だったこと告げざるままに合わせて笑う

入学式のプログラムが一通り終わり、その後大教室に移動して学部ごとのガイダンスを受ける。

「皆さん、慶應義塾の経済学部へようこそ。福澤諭吉先生のおっしゃった独立自尊、そして自由とは……」

学部長の長い訓辞めいた言葉を聴きながら、僕は窓の外のほとんど花弁の落ちてしまった桜を見ていた。大学という新しい世界で、健全な恋や、友情に彩られた日々を取り戻すことができるかもしれない――。あわい期待が、胸のなかにうまれかけていた。大教室のなかのさざめきは、これからはじまる新生活への希望に満ちていて、僕という特殊な業を背負った人間がその場にいることが、どことなく不思議だった。

「おい、ダン」

ガイダンスを終えてキャンパスを歩いていると、あまりに聞き慣れた声が聞こえた。兄だった。

「あれ、いたんだ」

「おお。新歓だからな」

学内で有名なゴルフサークル「P」の主将をしている兄は、新入生の勧誘のために、日吉のキャンパスに詰めているらしい。サークルのロゴが入った紺色のポロシャツを着た兄の周りには、後輩や同級生と思《おぼ》しき人達がたむろしていた。慶應で一番大きく古いゴルフサークルというだけあって、遊び慣れた雰囲気と育ちの良さの双方を併せ持った華やかな男女の群れだ。

「え、オサノの弟？」

「うわー、あんまり似てないね！」

比較的堅物で、ファッションや髪型にこだわりの少ない兄は、たしかに僕と似ていない。兄弟だと告げると驚かれることもしょっちゅうだ。兄は照れくさそうに「似てないだろ。こいつ、個性的なんだよ」と言いながらも、弟の僕を嬉しそうに紹介してまわってくれた。

「とりあえず、おまえ、ウチのサークル入るだろ？　名前だけでも書いておけよな」

小学校時代からゴルフをやっていたし、なにより兄が主将を務めるサークルなら安心だ。僕は迷わず入部書類に名前を書いた。

「今夜、新歓あるから渋谷集合ね。オサノの弟とか、みんなすごい会いたがると思う」

兄の同級生で副将を務めているという、社交的で明るい笑顔の女子学生が、夜の新歓コンパの場所が書かれた紙を渡してくれた。図書館前には相変わらず人が溢れていて、入部届を出した僕に、今度は別のテニスサークルの男子学生が声をかけて来る。よくよく見ると、小学校のときから知っている、一個上の先輩だった。

「すげえ、一瞬誰かわからなかったわ。ダンじゃん」

テニスサークル「S」は、慶應でもっとも派手なサークルとして有名だ。小学校時代、お坊ちゃん然としていた先輩は、明るいメッシュの髪をなびかせたいわゆるギャル男になっていた。小学校高学年から中学一年生まで、僕は太っていて眼鏡をかけていた。急激に身長が伸びて、身体がスリムになったのは、中学二年生の夏ごろからだ。それより前の僕しか知らない人たちは、皆一様に僕の見た目の変化にびっくりする。

「ひさしぶりです。でも先輩も小学校時代に比べたら別人だよ」

思ったことを正直に告げると、先輩は「そりゃあの頃と比べたら変わるだろ」と笑いつつ、

「よかったらウチの新歓も来てよ。ウチ、かわいい女の子めっちゃ多いから」と言って僕のケータイの赤外線通信機能を操作して勝手にアドレスを手に入れて、さっそく新歓コンパの案内をメールで送って寄越した。

女の子――。そのひとことを聞いて、僕は首筋に冷たいものが走るのを感じた。そうなのだ。彼は、僕がゲイであることを知るはずがない。僕は家族にすら、自分の性的指向を打ち明けていない。僕が自らカミングアウトをした学校の関係者は、中学時代にそれとなく打ち明けた親友とアイコちゃん、そしてハヤトだけなのだった。もちろん、高校や中学の同級生のなかで、僕がゲイであることが暗黙の了解になっていることは否めない。それでも――。自分の言葉で告げることと、自らの意思に反して露見してしまうのでは、状況は全然ちがう。

「……行きたいんすけど、今夜はPの新歓の方に参加すると思います。兄貴もいるんで」

結局僕は、テニスサークルのほうの新歓コンパに参加するのを断った。知っているひとの少ないコンパの場で、自身の性的指向を隠し通す自信がなかった。先輩は「まあ気が変わったら来てよ！」と笑顔で言って、別の新入生を勧誘しに走って行った。

大学という新しい環境で、青春らしい青春をやり直せるかもしれない――。僕のあわい期待は、先輩からの「女の子」というひとことで、小さなひびが入り、崩れ去ろうとしていた。図書館前のざわめきが、耳鳴りのようにぐわんぐわんと頭のなかで響いていた。

過ぎ行きし冬のつめたい横顔がふわりよみがえり来て　たそがれ

いったん帰宅して着替えた僕は、渋谷に向かう東横線に揺られていた。日吉のキャンパスから直接渋谷に向かう人も多いようで、夕方の車内は慶應の体育会の詰襟姿の学生や、スーツ姿の新入生で溢れている。おそらくみんな、渋谷で開催される各サークルや部活の新歓コンパへ向かうのだろう。キャンパスの外にも、明るく健全な光景があった。混み合う車内でドアに寄りかかりながら、僕は先輩の「女の子」という言葉を反芻し続けていた。大学時代という、人生でもっとも輝かしい四年間を貪ろうとしている彼らと僕は、いま同じ電車に揺られている。目的地も、同じ渋谷だ。だけれど、彼らと僕のあいだには、たしかに大きな隔たりがあるのだった。

受験や内申書という呪縛から解き放たれた彼らの青春は、これからますます輝き絢爛《けんらん》になってゆく。いっぽう、胸に大きな秘密を抱えたままの僕の青春は、秘密の重さに耐えきれなくなって、きっとどんどん脆く、崩れやすくなってゆく。「秘密」を分け合う同志だったアイコちゃんは、もうここにはいない。守らなければ。僕の青春を。しかも、自分ひとりの力で、だ。絶対に、バレちゃいけない——。胸のなかで誓いを新たにしたとき、ちょうど電車は終点の渋谷駅のホームに滑り込んだ。

水草が絡まりながらひろがって夜の渋谷を覆ってゆけり

渋谷の「ちとせ会館」の前は、ものすごい数の大学生で賑わっていた。おそらく、ほとんどが慶應生で、各サークルの幹部たちが大声で新入生たちを誘導していた。ゴルフサークル「P」のコンパ会場は、五階のパブだ。一台しかないエレベーターを何度かやり過ごして、やっと五階にたどり着けたときには、すでにコンパの開始時刻を過ぎていた。貸し切りのパブのなかは人で埋まっていて、真ん中のテーブルには油臭い揚げ物や安っぽいオードブルが山と積まれている。女子の幹部が大きなピッチャーを持って、空のグラスに次々とビールを注いでいた。最奥の壁際には、兄や副将の女子学生、そして他の幹部たちが並んで、乾杯の準備をしていた。

「――えーと、皆さん入学おめでとう。わがサークルは慶應義塾で最も古い歴史を誇る、最大規模のゴルフサークルとして……」

グラスが全員に行き渡ったころを見計らって、家にいるときよりも若干緊張した面持ちの兄が、新入生歓迎の挨拶を始めた。がやがやとしている会場に、二年生の幹部たちの「静かに！」という声が響く。サークルとはいえ規律を重んじているらしく、先輩たちの厳しい声に会場は程なくして静かになった。兄に続いた副将の挨拶に、みんな真面目な顔で耳を傾ける。三年生の幹部たちの挨拶が一通り終わって、二年生の代表が乾杯の音頭を取る。大学生の未成年飲酒が黙認されていた時代のこと。僕を含め、ほとんどの新入生はビールやカクテルのグラスを手にしていた。ハヤトとの一件があってから酒はやめていたけれど、入学祝いと自分に言い訳して、僕は迷わずビールの注がれたグラスを手に取った。

「じゃあ、とりあえず乾杯！」
二年生の代表を務めているのは、小学校時代から知っているかっこいい先輩だ。未経験者歓迎、という触れ込みだったけれど、会場に集まっている新入生の半分以上はゴルフ経験者のようで、素封家《そほうか》が多いと言われるいわゆる「内部進学組」が多い。とにかく、華やか。新入生のなかには、何人か僕が知っている顔ぶれもいる。中学時代の同級生や、高校時代のクラスメートの顔がちらほらと見える。レナちゃんの姿もあった。彼らのうちの何人かは、中学校時代に拡がった「ダンはホモだ」という噂を耳にしているはずだ。これから始まる大学の四年間が輝かしい時間となるか否かは、彼らにかかっている——。そう思うと、僕は笑顔を浮かべながらも内心ではずっとドキドキしていた。同級生の誰かが、僕に関する噂を広めるのではないか。誰かが、僕の方を向いてひそひそと耳打ちをしたりしていないだろうか……。

コンパはどんどん盛り上がってゆき、酒が入ったことも相まって、みんなますます楽しげだ。そんな人の群れのなかで僕は、ずっと疑心暗鬼と戦っていた。頼りにしていた兄は、主将という立場もあってか、大勢の人の輪の中心にいて、とても近づけそうもない。なかば諦めた僕は、会場の隅っこに陣取って、ひとり煙草を燻《くゆ》らせながら、ビールをちびちびと飲んでいた。

ひとすじの笛のようなるひとすじの風吹き抜けて……君がいた

何をするでもなく、壁に凭《もた》れかかってすっかりぬるくなってしまったビールのグラスを傾ける僕の左隣に、ひとりの大人びた、知的な雰囲気の青年が立っていた。少しはだけたVネックのTシャツから覗く胸板は薄くて、折れそうなほど細くてきれいな鎖骨が浮いている。横顔からは仔細には窺えないけれど、憂いを帯びた垂れ目と、それを縁取る長い睫毛が印象的だ。彼は少し疲れた様子で会場を見渡したのち、やがて小さくため息を吐いて、ポケットから取り出したキャスター・マイルドを一本咥《くわ》えて火を点けた。独特の甘い香りがする煙を胸いっぱいに吸い込んで、ふうっと吐き出す姿に、僕は思わず見とれてしまう。煙草を燻らせながら、彼はゆっくりと、その端整な顔を僕の方に向けた。目が合って、僕は畏怖に似た感覚を抱いた。彼の目が、どこか衒学的《げんがくてき》だったから。

「新入生?」

気だるさを含んだ声音《こわね》で、彼が訊ねてくる。

「あ、はい。オサノの弟です。ダンっていいます」

僕が自己紹介をすると、彼は目を少し見開いて、驚いたような表情を見せた。

「似てないね。でも、どことなく似てる気もする」

憂いの色の濃い雰囲気と、静かな話し方から、彼がなんとなくこういう賑やかな場を苦手としていることが察せられた。むしろ、無邪気にはしゃぐ若者たちを馬鹿にしているようでもあった。

「よく言われます。全然似てないって」

苦笑しながら答えると、彼もやっとぎこちない笑顔を見せてくれた。

「俺、ナルミ。苗字がナルミね。もう四年だからあと一年しかいないけどよろしく」

ナルミさんは、焦げ跡だらけの黄色いプラスチック製の灰皿に吸い殻を押し付けながら、もう一度控えめに笑った。

素敵なひとだ――。思わずときめきそうになる。あぶない、あぶない、と僕は胸のときめきを押し止める。華やかな宴に眩惑されて、自らの背負った業を忘れるところだった。

「よろしくっす！」

なるべく、男らしく聞こえるように。決して、ゲイだとバレないように。心のうちをひた隠しにして、僕は元気いっぱいに返事をした。

*

新歓コンパの二週間後に栃木で開催された新歓合宿兼ゴルフコンペは、僕にとって苦行に近いものだった。同年の新入生たちの話の輪に、時おりは混じるようにしていたけれど、僕の心のなかに巣くった疑心暗鬼は、容易に拭えそうにはなかった。もちろん、何人かは心を開くことのできそうな人もいた。ただ、慶應でも名うての派手なサークルの新歓合宿ということもあって、夜の飲み会では恋愛についての話が、大広間のあちこちで交わされていた。

――あの田嫂《デンフタ》から来た子良くね？

――いや、やっぱレナちゃんでしょー！　圧倒的だわ。中等部のときからダントツでかわいかったもんなー一年生の男子も、二年生の先輩たちも。みんな大広間の隅っこの方で、新入生女子の品定めをしていた。噂をされている女の子たちもまた、まんざらではないようで、男子たちの値踏みするような視線を楽しんでいるきらいがあった。その光景は健全な大学生の姿そのもので、大広間のなかで僕だけが異質なのだ、と否応なく思い知らされた。田雙から外部受験で入って来たユウコちゃんも、ずっと学年のマドンナだったレナちゃんも、ちっとも「かわい」と思えなかった。もちろん、ふたりとも愛らしくて綺麗だ。ただ、僕は彼女たちとの恋愛や性愛を想像することができない。そんなことは、この数年でわかり切っていることなのに。

理想的な青春の「外形」を追い求めたばかりに、僕はアイコちゃんというかけがえのない存在を失ったのだ。ここで僕が自分を偽って男子たちの輪に入ってゆき、女の子たちを品定めする会話に加わることができたら、輝かしい青春の「外形」が、今度こそ手に入るかもしれない。――誘惑が、胸で疼きはじめる。だけど、そのことによってまた誰かを傷つけてしまったら。あるいは、誰かを失ってしまったら。なにより、僕はいつまで自分に嘘をつきつづけなければならないのだろう……

脳内で繰り広げられる期待と恐れの葛藤が煩わしくて、僕は頭を振りながら、発泡酒の缶の中身を呷《あお》ることしかできない。壁際に寄りかかって、きらびやかな青春の群像劇を、指を咥えて眺めているだけだ。

目の前で織り上げられてゆく金糸銀糸の布で窒息しそう

「ダン、飲んでる？」

羨望や嫉妬、そして恐れを胸に渦巻かせながら広間の隅っこで賑わいを眺めていた僕に声をかけてくれたのは、ナルミさんだった。

「……まあ、そこそこです」

意図せず、憮然とした声が出てしまう。それでも、ナルミさんは意に介した様子がない。よく見ると、ナルミさんの細くて綺麗な手に握られているのは酒ではなくて、お茶のペットボトルだった。

「いいね。俺、下戸だからさ。いつもお茶だよ」

そういえば、新歓コンパのときもナルミさんは飲んでいなかったかもしれない、と思い返してみる。

「俺も、本当はそんなに飲めないんです。ただ、なんとなく飲まないと気まずいから」

「わかるよ。でも、別に無理して飲まなくていいんだよ」

そう言ってナルミさんは、僕の隣の座布団に腰をおろして、キャスター・マイルドの甘い煙を吐き出した。

「いいよね、その煙草。甘い匂いで好き」

気づけば僕は、三つ年上のナルミさんに、タメ口で喋っていた。とはいえ、ナルミさんは相変わらず気にする素振りはない。長い睫毛に縁取られた目を下に向けて、静かな声で淡々と話すナルミさんにならば、僕はほんとうの自分を見せても平気なのではないか、という気すらしてくる。

五月雨《さみだれ》のごとじんわりと地に染みてあなたの声がわたしを乱す

家は、老舗の印刷会社を経営していること。白金の一等地で生まれ育ったこと。慶應には、外部から受験して入ったこと。数学が得意で、カメラと車が好きなこと。（ナルミさんいわく）ものすごく美人な妹がいること。美人な妹は、お兄ちゃんが大好きで、いわゆるブラコンなこと——。僕のとなりで、ナルミさんは色々な話を聴かせてくれた。

派手で、社交的で、目立ちたがりな人が多いサークルのなかで、ナルミさんの存在は哲学者のようであり、時には聖職者のようでもあった。僕の胸のなかの疑心暗鬼や不安を、この人ならば溶かしてくれるのかもしれない、という期待が芽生える。

……もしいま、ナルミさんが「彼女とかいるの？」って訊いてくれたら。きっと僕は、正直に自分のことを打ち明けられるのに。

身勝手な思いが胸をよぎる。自分が打ち明ける勇気がないから、ナルミさんがきっかけを作ってくれることを欲している。

あさましい、よな。

ひとり自嘲している僕を、ナルミさんは不思議そうな顔で見ていた。

「俺、明日一組目だからそろそろ寝るよ。ダンも早いだろ？　おやすみ」

ナルミさんはゆっくりと腰を上げて、まだ騒いでいる下級生たちには一瞥もくれずに、しずかに広間を出て行った。ナルミさんがいなくなった空間で、嘘の笑顔を貼り付けて、賑わいに同調するのがひどく億劫《おっくう》に思えて、僕は「俺も、もう寝ます」と言って、ナルミさんについて行く。

ロビーに出ると、ナルミさんは螺旋《らせん》階段を上りかけているところだった。上級生の部屋は二階の個室で、下級生の僕たちは一階の四人部屋の和室に雑魚寝《ざこね》することになっている。僕が追いかけて来たことに気づいたナルミさんは、階段の踊り場で足を止めて、階下にいる僕に向かって「じゃあ、おやすみ」と笑いかけてくれた。憂いを帯びた垂れ目は、眠気のせいか少し赤く潤んでいて、とても綺麗だと思った。

「おやすみなさい」

僕は、胸にせり上がって来る熱を誤魔化すように、ナルミさんに背を向けてそそくさと一階の奥の和室へと急いだ。あのまま、ナルミさんの目を見ていたら、危なかった。

＊

経済学部一年生の僕は、日吉キャンパスに通う。いっぽう、同じ経済学部でも四年生のナルミさんは、都心の三田キャンパスに通っている。日吉の学食には、通称「タマリ」と呼ばれるサークルごとの溜まり場があって、三田キャンパスに通っているはずの三年生や四年生も、たびたび顔を出していた。ところが、ナルミさんはタマリで下級生たちと話に興ずるのはあまり好きではないようで、日吉で彼に会うことはめったになかった。

一年生は、どの第二外国語を選択するかによって、クラスが決められる。中国語を選択した僕の入れられたクラスは、内部生がほとんどいなくて、なかなか馴染むことができずにいた。かといって「Ｐ」のタマリに顔を出してサークルの部員たちと話をするのも、気乗りがしない。結局、新歓合宿ではナルミさんのほかには誰とも仲良くなれなかった。僕がタマリに行ったところで、ほかの一年生や二年生を困惑させるのがオチだ。兄が主将を務めているせいもあって、邪険にされるようなことはないだろうけれど、兄の立場を笠に着ているように思われるかもしれない、と思うとやはり気が進まないのだった。

そもそも、高校時代の成績が悪くて、第一志望の法学部に進学できずに第二志望の経済学部に進むことになった僕は、日吉キャンパスで教えられる経済学の基礎的な科目に、まったく興味を持てなかった（というよりついてゆけなかった）。結果、出席の厳しい語学の授業を除いては学校に行かなくなり、家で昼過ぎまで寝ていることが多くなった。

おもしろくない。学校も、遊びも、なにもかも。

とにかく無為で無味な時間が流れていた。アイコちゃんの一件があって以来、自律神経失調に伴う不眠に陥っていた僕は、眠るでもなく日がなベッドの上でぼうっと過ごしていた。部屋を片付けるのも億劫だった。ベッドサイドに置かれた灰皿は常に山盛りで、吸い殻が饐《す》えた臭いを放っていた。ときどき、歌を詠んでみようかとノートを取り出したりもした。けれども、初句の五音すら思いつかなかった。「欠落」は創作の源にちがいないけれど、「欠落」を超えて「虚無」にまで至ってしまうと、創作すらできなくなるのだと知った。

ただ息をしていただけの日々なりき　モノクロームの窓辺でずっと

気づけば、夏になっていた。同じ経済学部に進んだ中学時代や高校時代のクラスメートたちは、みんな期末試験のためのノート集めに忙しそうだ。経済学部の一年生から二年生への進級条件はとてもシンプルで、ただ十六単位を取得すればいいだけだ。とはいえ、その場合は二年生から三年生への進級がほとんど不可能になる。だから、必修科目も含めてせめて三十単位以上は取得しておくべきとされている。ところが僕は、すっかりやる気を失っていて、とりあえず一般教養科目などで十六単位を取っておけばいいだろう、と呑気《のんき》に構えていた。

期末試験が一週間後に迫ったころ、語学の授業を終えた僕は喫煙所に向かってキャンパスを歩いていた。

「おい、ダン」

寝不足のぼうっとした眼を声の方角に向けると、そこには白いTシャツにタイトなデニム姿のナルミさんが立っていた。

「え、ナルミさん、なんで日吉にいんの」

「練習。あと、たまにはタマリに顔出そうと思って」

三十度を超える気温に、僕は汗だくだというのに、ナルミさんの顔はどこまでも涼やかだ。

「ダン、そろそろ期末じゃないの？」

「うん、そうみたいだね。みんなノート集めまくってる」

構内に蝮谷《まむしだに》という雑木林を持つ日吉キャンパスの夏は、とにかく蟬の声がうるさい。みーんみんみん、というミンミンゼミの鳴き声と、じーじーというアブラゼミの声が混じって、否《いや》が応《おう》でもいまが盛夏であることを思い知らされる。そんな季節にあっても、僕にとって期末試験はどこか他人事だった。

「おまえ、経済の一年生はけっこう単位取っておかないと大変だよ」

履修申告も兄任せで、自分がどの授業を履修しているのかも覚束《おぼつか》ない僕のことを、ナルミさんは心配してくれているようだ。

「でも、俺語学以外ほとんど授業出てないし。とりあえずギリギリで進級さえできればいいかな、って思ってる」

投げやりに答えると、ナルミさんはいつものように小さくため息を吐いて、下を向いた。

ああ、呆れられたのかな。

僕のことを気にかけてくれるナルミさんに嫌われたくはないけれど、全身にまとわりついて来るような暑さと蟬の鳴き声に苛立っていた僕には、本当に試験のことなんかどうでもよかった。

「俺、数学得意だから。マクロと経済数学なら教えてあげられる」

相変わらず下を向いたまま、ナルミさんは少しぶっきらぼうに言った。意外な申し出に、僕はすぐに返事ができなかった。どうして、ナルミさんはこんなに僕のことを気にしてくれるのだろう――。素直な疑問が、胸に湧く。

「……なんで？」

「ん？」

「なんでそんなに俺のこと気にしてくれるの」

「わからない。ただ、なんか放っておけないんだよ、ダンを」

みーんみんみんみん。

じーじじじじじじじ。

ナルミさんの困ったような笑顔と、蟬の声が、一緒くたになって僕の脳髄に染み込んでゆく。かんかんと照りつける日差しの熱が、全身を貫いて、やがて胸のあたりに溜まってゆく。

首筋を、汗が伝ってゆくのがわかる。よく見ると、ナルミさんの胸元にも、玉のような汗が浮かんでいる。白いTシャツが透けて、浅黒い肌が見える。

ナルミさんも、汗、かくんだね。

「かくよ。俺、汗っかきなほうだし」

心のなかで呟いたつもりだったのに、言葉は口から出ていたらしい。ナルミさんは、くすくすと静かに笑っている。

「じゃあ、勉強教えてもらおうかな」

僕の言葉に、ナルミさんは「おっけ」と答えた。

六、露見

ナルミさんの勉強の教え方はとても丁寧だった。

経済学部の基礎的な講義のほとんどを欠席していた僕は、経済学がどういう学問で、なにを分析しようとしているのかも覚束ない状態だった。ナルミさんは「なにがわからないのかわからない」状態の僕に呆れるでもなく、根気強くひとつひとつの言葉の意味や概念を教えてくれた。さすがに、因数分解の意味すらわかっていないことを打ち明けたときは唖然としていたけれど。

君の待つ場所ゆえまぶし　真夏日の夜のジョナサンの看板の赤

場所はナルミさんの家からほど近い白金のジョナサンが多かった。昔から時間にルーズな僕は、平然と三十分以上遅刻して現れることも多かった。でも、ナルミさんは喫煙席でひとり甘い香りのキャスター・マイルドの煙に包まれながら、優雅に待っているのが常だった。

「ごめん、おまたせ」

ナルミさんは、基本的に感情を顕《あらわ》にしない。いつも抑制的だ。でも、僕にはナルミさんの気持ちや気分が読み取れる。長い睫毛に縁取られた特徴的な垂れ目のわずかな変化を見ていると、なんとなくわかるのだ。機嫌が良いとき、ナルミさんの垂れ目は少し伏し目がちになる。怒っているときや機嫌が悪いときのナルミさんは、目を見開いて相手をじっと見る。出会って三ヶ月ほどだけれど、僕はナルミさんのそんな癖に気づいていた。

煙草を咥えたまま僕を見上げるナルミさんの目を見て、僕はほっとする。

「大丈夫。どうせ遅れて来ると思ってたから。俺もいま来たところだよ」

ほらね、やっぱり怒っていない。

ナルミさんはやさしい。灰皿に溜まった吸い殻の数を見れば、いま来たばかりでないことくらい、すぐわかる。テーブルの上にはドリンクバーのグラスとともにピンク色の教科書がひろげてあって、僕が来るまでのあいだ、ナルミさんがポイントや僕の苦手な部分についてしっかりチェックしてくれていたことが窺えた。


やさしさがいつか真綿の紐となり僕を殺《あや》める日が来るだろう

「ダン、IS－LM分析はわかるようになった?」

ナルミさんのちょっと低めの声は落ち着いていて、僕の鼓膜をさやさやとくすぐる。

「とりあえずグラフの意味は。なんとなく、だけどね」

「オッケー。じゃあ、『限界消費性向』の定義はなに?」

僕は下顎に手を当てて天井を見上げ、考えているふりをした。けれども目線だけはずっと、ナルミさんを捉えていた。

「ええっと……消費の増加分を所得の増加分で割ったやつ？」

「よし、正解。じゃあ実際に問題解いてみるか」

公認会計士の資格取得を目指しているナルミさんは、経済学が得意だ。僕のためにわざわざ、資格試験対策塾が発行しているわかりやすい経済学の教科書をコピーして、プリントにしてくれていた。

ナルミさんが教科書を捲《めく》るときの顔を見るのも好きだった。ナルミさんが下を向くと、眼鏡の隙間から長い睫毛の瞬《しばた》きを、つぶさに見ることができるから。

「――ナルミさん。あのさ、」

計算問題を解き進める手は止めずに、僕はナルミさんに話しかけた。

「なに？　なんかわからないところあった？」

問題のどこかで躓《つまず》いたと思ったのか、ナルミさんが僕の手元を覗き込んでくる。

「いや、そうじゃなくて。もし今回の期末でマクロと数学の単位取れたらさ、」

「うん」

「どこか連れて行ってよ」

自分のあつかましさに、思わず自嘲が漏れる。勉強を教えてもらっているのは僕のほうで、ナルミさんは忙しい時間を割いて善意で教えてくれているのに。僕は、頑張ったぶんのご褒《ほう》美《び》まで求めたのだ。さすがに呆れられるかな、と思ったけれど、ナルミさんが機嫌を損ねた様子はなかった。

「……わかった。いいよ。どこ行きたいの？」

場所なんか、どこでもいいよ。ナルミさんさえいてくれれば――。

僕は本音を押し隠しつつ、

「うーん、やっぱ俺たちふたりともゴルフするわけだし。ゴルフかな」

と答えた。

「わかった。じゃあ栃木に俺の親父がメンバーのところあるから、そこ行くか。ホテルもついてるし、温泉もあるんだよ。一泊2ラウンドでどう？」

思いもよらない提案に、僕の胸が途端に高鳴る。まさか、泊まりがけの旅行になるなんて！　抑えきれない歓びが一気に湧き起こるいっぽうで、僕のまなうらにふと、ハヤトの冷たい横顔がちらついた。僕には、好きなひととの旅行がきっかけで、多くを失った過去がある。でも、あのときはハヤトから誘って来たわけで。今回は、僕が誘ったのだ。それに、僕はナルミさんにまだ恋をしているわけじゃない。ハヤトのときのような気まずい事態が、起こるわけがない。うん、大丈夫だ。

都合の良い理屈が、勝手に頭のなかで組み立てられてゆく。

ナルミさんとの一泊でのゴルフ旅行への期待と、ハヤトがもたらしたトラウマ――。ふたつの感情が僕の頭のなかで何度も交錯し、喧嘩をした。でも結局、僕はナルミさんの提案の魅力に抗えなかった。

「行きたい。栃木って山岳コースが多いんでしょ。俺、飛ばないけど曲がらないのには自信あるから。狭い山岳コースって好きなんだよね。よし。じゃあ、今回マクロと数学取れたら、一緒にゴルフ旅行ね。約束だよ」

途端に饒舌になった僕の様子に、ナルミさんは少し戸惑いながらも苦笑していた。

「わかった。約束な」

ナルミさんの言葉で俄然《がぜん》やる気が出た僕は、その後は黙々と午前二時過ぎまで問題を解き続けた。時おり僕の手元を覗き込みつつも、余計な口を挟むことなく見守ってくれるナルミさんのおだやかな視線を感じながら。

*

ナルミさんの丁寧な指導のおかげで、僕は無事に期末試験を乗り切ることができた。成績表が届いたときにはどきどきしたけれど、ナルミさんが教えてくれた〈初級マクロ経済学〉と〈数学概論〉は、無事に単位を取得することができていた。もちろん、ほとんど講義に出ていなかったから、成績はギリギリの「C」だったけれど。でも、ナルミさんに恥をかかせなくてよかった、と安堵した。

緑色《りょくしょく》の季節に届く緑色《りょくしょく》の成績表を埋めつくす「C」


成績表が届いた日の夜、僕の携帯電話に着信が入った。ナルミさんからだった。

「もしもし?」

いままではメールでのやりとりばかりだったから、ナルミさんから電話をもらったのは初めてだった。電話越しのナルミさんの声は、いつもより少し高く聞こえて、僕はなんだか別のひとと話しているような気分になった。

「もしもし。今日成績表届いたよ」

「その件で電話したんだよ。俺のところにも届いたから。どうだった？」

まるで我がことのように僕のことを気にかけてくれているのが伝わって来て、嬉しかった。

「マクロも数学もどっちも取れたよ。まあCだったけどね」

成績をありのまま伝えると、電話の向こうのナルミさんが、

「あーよかった！　あれだけ教えて落としてたらどうしようと思ってたんだよ」

と、声を弾ませた。ナルミさんがここまで感情を表に出してくれるなんて。しかも、たかが僕の成績ひとつで――。電話口のナルミさんと呼応するように、僕の胸にも歓びの感情が広がってゆく。

あさましき胸の底《そこい》にたまりたる澱《おり》を知らずに君が笑うよ

「約束実行だな。いつにする？　俺が車出すよ」

ナルミさんはジョナサンで交わした約束をしっかり覚えてくれていた。学校は夏季休業に入っているし、家族との二週間の海外旅行のほかには、僕は特に予定がなかった。

「急だけど、来週の平日とかは？　お盆休みに入るとゴルフ場も混みそうだし」

僕の提案をあっさり肯《うべな》ってくれたナルミさんは「わかった。ゴルフ場に訊いてみる」と言ってくれた。

「あ、そうそう。ほかに誰か誘う？　俺は2サムでもいいんだけど、やっぱ人数いたほうがいいだろ？　俺から『P』の誰かに声かけてもいいよ」

ナルミさんは気を使ってくれたのだろうけれど、僕はどうしてもナルミさんとふたりで行きたかった。

「俺まだあんまり誰とも仲良くなれてないし……。ナルミさんとふたりのほうが気楽でいいかな」

僕の答えにナルミさんは「それもそうだな」と納得して電話を切った。


本来僕は、2サムで回るゴルフは好きじゃない。前の組にすぐ追いついてしまうし、結果としてずいぶん待たされることになる。僕がナルミさんとふたりで行きたいと言ったのは、完全に下心ゆえのことだった。

ナルミさんは、僕がゲイであることを知らない。だけど、僕のナルミさんへの思いは確実に、恋に近づきつつある——。

ハヤトとの旅行の思い出が、またフラッシュバックする。

あのときは……。そうだ、あのときは僕が酔った勢いでカミングアウトしてしまったのがすべての元凶だった。あまりに無邪気に僕のセクシュアリティを受け入れてくれたハヤトが、ひょっとしたら僕の恋心までも受け入れてくれるんじゃないかと錯覚していたのだ。でも、いまの僕はちがう。ナルミさんが純粋な好意で僕に接してくれていることをちゃんとわかっている。それにナルミさんは下戸だ。きっと、現地で一緒に酒を飲むようなことにもならないだろう。あとは、僕が秘密を守ればいいだけだ――。

僕は胸に誓いを立てて、ナルミさんとのゴルフ旅行に備えた。

*

出発の当日は、見事な晴天だった。気温は、午前六時前なのに二十五度を超えていた。楽しみ過ぎて前夜眠れなかった僕はあくびを嚙み殺しながら、ナルミさんが迎えに来てくれるのを待っていた。

六時ちょうどに、僕の携帯電話がメールの受信を伝えた。

〈いま着いたよ〉

僕はボストンバッグを片手に階段を駆け下り、前夜から玄関に置いておいたキャディバッグを担いで外に飛び出した。

我が家の前に停められたISUZUの〈ビッグホーン〉の傍らに、白いポロシャツ姿のナルミさんが立っていた。

「おはよ」

僕はなんだか照れくさくて、小声で挨拶をした。

「おはよう。晴れてよかったな」

早朝だというのに、ナルミさんの顔から疲れや眠気は窺えない。本当に、どこまでも爽やかなひとだなあ、と思った。だけど、眼鏡の奥の瞳には、相変わらずどこか高尚な、哲学者めいた静けさが宿っていて、そんなギャップもまたナルミさんの魅力なのだと改めて思い知った。


往く道のどこもかしこも緑なる葉月ぞ恋の月なれ葉月

ナルミさんの運転は丁寧だった。ベンツやBMWに乗っているひとが多い「P」のメンバーのなかで、ナルミさんの愛車〈ビッグホーン〉はかなり渋いチョイスだ。

「――トラックの会社が作った四駆って、なんかいいだろ。実直な感じがしてさ。いぶし銀の職人技みたいな趣《おもむき》がある」

東北道の矢板インターを目指してハンドルを握るナルミさんの横顔からは、この実直な車をつくづく愛していることが窺える。四角くて堅実、なのにスマートさも併せ持つ〈ビッグホーン〉は、なるほどナルミさんにふさわしいと思った。

ナルミさんは「ダン、昨日寝てないんだろ？　寝てていいよ」と気を使ってくれたけれど、僕はずっと飽かずに運転するナルミさんの姿を見ていた。


白球に切り裂かれたる夏空の青が水晶体に焼き付く

小学生のころから祖父や母とゴルフに親しんでいた僕と、大学に入ってからゴルフをはじめたナルミさんの腕前は、だいたい同じくらいだった。

初日のラウンドはかろうじて僕が一打勝つことができた。ゴルフをしているときもナルミさんは冷静さを崩さなかったけれど、五十センチ足らずのパットを外したときや、思わずミスショットを繰り出したときに垣間見せる悔しげな顔は僕の知らないものだった。四時間足らずのラウンド中、僕はナルミさんの新たな一面を見つけるたびに思わず笑みがこぼれた。真夏の日差しの下、ごくごくと水を飲むナルミさんの喉仏の動きの艶かしさに、僕のからだは否応なく熱くなった。岩手の温泉でビールをぐびぐび流し込んでいたときのハヤトの浅黒い喉仏より、ずっときれいだった。

「――あ、蛙だ」

後半のスタートホールの池の端に、僕はヒキガエルを見つけた。

「お、ほんとだ。おとなしいな。俺、蛙って好きなんだよ。体の割に脳の体積が大きいんだ。獲物を待ってじっとしているところとか、なんかすごく頭良さそうに見える」

ナルミさんはじっとしたまま動かないヒキガエルを見つめながら、目を細めた。ナルミさんはやっぱり哲学者なんだな、と僕は思った。

〈考える動物〉ヒト科ヒト属の君は静かな蝦蟇《がま》を愛せり

プレー後は一緒に露天風呂に入って、附設のホテルのレストランで、軽い（そしてあまり美味しくない）夕食を取った。

宿泊する部屋はビジネスホテルのようなシンプルな造りで、白く無機質な内装の室内には、ツインベッドと小さなソファが一脚だけ置かれていた。プレー後に入浴を済ませていた僕たちはそれぞれ部屋着に着替えて、ソファに座ってとりとめもない話をした。僕はゲイであることが露見しないよう装うのに必死で、あの夜ナルミさんとなにを話したのか、いまでも思い出せない。

「ダン、昨日寝てないんだろ。明日も早いしそろそろ寝るか」

夜十時をまわったばかりだった。僕は一滴も酒を飲んでいなかったし、ナルミさんに対して恋をしているような素振りを一切見せることなく一日を終えられたことに、心底安堵した。

「うん。明日は七時くらいに起きればいいんだよね？」

「だな。九時過ぎスタートだから、七時に起きれば充分朝メシも食えるし間に合うよ」

ナルミさんは一度大きなあくびをして、ベッドに入り眼鏡を外しベッドサイドに置いた。

ナルミさんの素顔を見るのも初めてだった。隣のベッドに身を横たえながら、ついまじまじと観察してしまう。いまにも眠りに落ちそうなナルミさんのとろりとした目は、いつも以上に長い睫毛が目立って、ディズニーアニメのキャラクターを思わせた。ターザン、それともアラジンだろうか。

「おやすみ」

「おやすみなさい」

ナルミさんがベッドサイドのスイッチを押して部屋の照明を落とした。明日はナルミさんより早起きをして、寝顔を見てやろう――。そんな企みを胸に抱きながら、僕は処方されている睡眠導入剤の白い錠剤を飲み込んで、ほどなく眠りに落ちた。

綿雪のごときましろのタブレット舌に溶かしている熱帯夜

アイコちゃんとのできごと以来ずっと患っていた不眠症が嘘のように、僕は深く眠っていた。

――おい、ダン。起きろ。ダン！

肩を揺さぶられて、僕はやっと目を覚ました。ぱっと慌てて身を起こすと、時間はもう午前七時半を回っていた。僕の目の前には、すっかり身支度を整えたナルミさんが立っていた。

「よく寝てたな。目覚ましずっと鳴ってたのに、おまえびくともしなかったぞ」

眼鏡をかけ、髪もきっちりセットされたナルミさんが笑っていた。

ナルミさんの寝顔は、結局見ることができなかった。

＊

ナルミさんとの一泊二日のゴルフ旅行は、十九歳の僕の夏休みのハイライトだった。二週間に及んだ家族での豪華なヨーロッパ周遊旅行も楽しかったけれど、僕の脳裏に焼き付いていたのはライン河畔の古城や、真っ赤に染まった夕ぐれのマッターホルンではなくて、〈ビッグホーン〉のハンドルを握るナルミさんの細い指であり、ゴルフコースの池の端にいたヒキガエルだった。

過ぎてゆく夏はいつかの夏に似てふと浮かびくる亡きひとの顔

九月下旬に秋学期がはじまるまでのあいだ、僕は何度もナルミさんと会った。伊香保の日帰り温泉にも行ったし、ナルミさんが僕の車を運転してただ夜道をひたすら走り回ったりもした。

ナルミさんには、相変わらず僕のセクシュアリティを伝えずにいた。

誰かを傷つけるくらいならば。あるいは、自分が傷つくくらいならば。もうずっと、片思いでもかまわない――

もはや「恋」と認めざるをえない気持ちを胸の奥に押し止め、僕はナルミさんの前では可愛くて生意気な後輩を演じつづけた。僕の演技は、おそらく完璧だったと思う。小学校時代、演劇部に所属していてよかったと思った。

秋学期が始まってからも、僕の生活はほとんど変わらなかった。学校には語学の授業を除けばほとんど行かなかったし、サークルにも顔を出さなかった。

この頃僕は、クラブにハマっていた。気が向いたらクラブに行って、芸能界やファッション業界で活躍する華やかなひとたちとの交流を楽しんだ。クラブに行くときは、中学時代の同級生であるシゲがいつも一緒だった。ファッションが大好きで個性的な、僕のセクシュアリティを知る数少ない友人だ。芸能界にも顔が利く彼はサークルの人たちよりずっと大人びていて、遊び慣れていた。サークルの一年生のメンバーも、ゴルフコンペや河川敷でのバーベキューにたびたび誘ってくれたけれど、僕は軒並み欠席した。セクシュアリティがバレるのが怖くてみんなの輪に入ることができず、壁際でひとり発泡酒を飲んでいた新歓合宿の苦い思い出は心から消えそうになかったし、なによりシゲや彼の周りの華やかな人たちと過ごす時間のほうが魅力的だった。サークルや部活動には、どうしても上下関係がつきまとう。とりわけ、僕の通っていた慶應義塾大学は上下関係に厳しいほうだった。生まれた年がたった一年や二年ちがうだけで、なんで平身低頭しながら敬語で話さなければならないのか、僕にはさっぱりわからなかった。

いっぽう、シゲが紹介してくれるひとたちは、十九歳の僕を子供扱いしない。十代半ばで女優として活躍している子もいれば、僕と同い年でパリ・コレクションやミラノ・コレクションのランウェイを歩いている子もいた。ミリオンヒットを連発したバンドのギタリストや、いまをときめくアイドルにとって、年齢というのは取るに足らない記号のようなものらしかった。

ナルミさんから誘われたイベントに限っては、サークルの活動にも出席するようにしていた。同級の一年生たちとは結局うまく交われない。彼らがひどく幼稚に見えた。兄のいる三年生のグループと二三の言葉を交わすほかは、いつもナルミさんの傍らにべったりと張り付いていた。

「――くだらね」

十月半ばに多摩川の河川敷で開催されたサークルのバーベキューは案の定つまらなくて、僕はナルミさんの横で烏龍茶を飲みながら、はしゃいでいる同級生たちを眺めていた。

「ダンも一緒に遊んでくればいいじゃん」

キャスター・マイルドの甘い煙を吐き出しながら、ナルミさんが言う。

「行かないよ。だってつまんねえもん。話合わないし」

ナルミさんは「そっか」とつぶやいて、天を仰いだ。

「……今度さ、ダンが遊びに行くようなところも連れて行ってよ」

ナルミさんがクラブのＶＩＰルームにいる姿は想像がつかない。でも、シゲやシゲの周りの派手な人たちとナルミさんが交わることで、どんなケミストリーが起こるのか、見てみたい気持ちもあった。

「いいよ。ちょうど来週デザイナーの友達が代官山でバー開けるんだ。オープニングイベント一緒に行く？」

ナルミさんは少し逡巡したけれど「うん。行ってみようかな」と言った。

このとき、僕は大事なことを忘れていた。シゲや、シゲの周りのひとたちに、自分のセクシュアリティをオープンにしているという事実が、すっかり頭から抜け落ちていた。

*

ひと突きで崩れてしまうほど脆し　秋の渋谷に輝《て》る三日月は

午後九時に渋谷駅で待ち合わせをして、ナルミさんと僕はナルミさんの愛車で代官山へ向かった。

シゲが親しくしているデザイナーが並木橋交差点の裏手にひっそりとオープンさせたバーは、ブティックも兼ねたユニークな造りで、まさしく「隠れ家」と呼ぶにふさわしい雰囲気だった。

車を停めて、まるで一般住宅の勝手口のような銀色の扉を開けると、天井の高い開放的な空間が広がっていて、奇抜なデザインの服やアート作品がそこここにディスプレイされている。プロジェクターにはオーナーの作品がスライドで映し出されていて、ハウス系の音楽が大音量で流れていた。

敢えて古びた木材を使って作られたカウンターのなかに立っているのは現役のショーモデルでもあるタイガだ。

「お、ダン君来てくれたんだ。シゲ君は奥にいるよー」

オープン初日ということもあってか店内は賑わっていて、ひとりでドリンクを作るタイガは忙しそうだ。

僕の後ろに立つナルミさんは、うるさい音楽に一瞬顔をしかめたけれど、すぐにいつもどおりの冷静な表情に戻った。

「すごい、なんか新しい空間って感じだね。おもしろい」

ナルミさんが居心地の悪さを感じたらどうしよう、と心配していたけれど、杞憂《きゆう》だった。なにより、長身でスタイルも良くて、なんの変哲もない無地のTシャツすらもおしゃれに着こなしてしまうナルミさんは、僕なんかよりもはるかにファッショナブルな空間に溶け込んでいた。奥の喫煙スペースにシゲを探しにいこうと思っていたのに、僕はその場に立ち尽くしてしまった。他人を寄せ付けないような冷たさと、わずかな憂いを湛えた表情で店を見回すナルミさんが、まるで俳優のようで、見惚れずにはいられなかった。

「――あ、ダン。思ったより早かったじゃん」

シゲが僕を見つけて駆け寄って来る。

デザイナーの友人の店ということもあってか、シゲはいつも以上に着飾っていた。ニール・バレットの黒いコートとデニムパンツがよく似合っている。コートの下の水色のシャツは、おそらくミュウミュウの新作だ。

「おっす。あ、彼はナルミさん。『P』の先輩なんだ」

シゲは「どうも、シゲです。ダンとは中等部から一緒なんです」と言ってナルミさんに右手を差し出した。

「よくダンから名前は聞いてるよ。よろしくね」

ナルミさんはにわかに微笑んで、シゲの右手を握り返していた。

無邪気なる友の放ったひとことでぽっきり折れる秋の三日月

午前零時を過ぎると、バーにはますますひとが増えて来た。撮影を終えたモデルや、収録を終えた俳優や女優が、続々と小さな銀色の扉をくぐって現れる。

「あ、シゲ君ひさしぶりー」

「ダン君じゃーん！　おつかれー！　大学どう？」

シゲや僕に声をかけてくれる彼らは、僕のかたわらのナルミさんを見て一瞬怪訝な顔を向けるけれど、そのまま通り過ぎて奥のソファに座るオーナーに挨拶に向かった。

「ダン君！　超久々！　元気だった？」

同い年で、モデルや女優としても活躍するアンナが僕を見つけて駆け寄って来た。

「うん。元気だよ。最近大活躍らしいじゃん」

アンナは「そんなことないよー」と謙遜しながら、僕の隣に立つナルミさんに目を向けた。

「うわ、イケメン！　しかも超頭良さそう。ひょっとしてダン君の彼氏？」

……。

時が、止まった。

すっかり忘れていた。この場にいるほとんどのひとが、僕がゲイであることを知っている。

もちろんアンナも知っていて、僕に彼氏ができたのではないかと素直に喜んでいるのだろう。

どうしよう。どうしよう。どうしよう――

焦れば焦るほど、僕の口からは言葉が出てこない。アンナは僕の狼狽に気づくことなく「またあとでねー！」と言ってひらひらと蝶のように去ってしまった。

シゲは奥のソファの前で、アンナとハイタッチしている。誰も、助けてくれるひとはいない。隣に立つナルミさんの顔を見るのが怖い。

「――ダン」

ナルミさんが遠慮がちに声をかけて来る。怖い。どうしよう。

「なあ、ダン」

骨ばった手が、僕の肩にやさしく添えられる。それでも僕はナルミさんに顔を向ける勇気がない。哲学者のような美しい顔に浮かんでいるのは憐憫だろうか。戸惑い、だろうか。あるいは、侮蔑――？

「ダンは、ゲイなんだね」

動けなくなってしまった僕に向かって、ナルミさんが語りつづける。僕は否定も肯定もできず、ただその場で拳を震わせる。

「俺の友達にもいるよ」

ナルミさんの落ち着いた声が、なおさら僕を焦らせる。嘘かもしれない。きっと、僕を慰めようとして、嘘をついているんだ。

「なあ、ダン。マジで俺は気にしないから」

旅行の初日の夜、カミングアウトしたとき、ハヤトも「全然いいっしょ！」「気にしない」

と言っていた。でも翌日の夜、ハヤトは僕に「キモい」と言い放ったんだ――

僕の胸のなかの糸のようなものがぷつりと切れた。

「俺が……。俺がナルミさんのこと好きだって言っても気にしないでいられんの？」

僕の声は完全に震えていた。いや、泣いていたかもしれない。

ナルミさんの答えを聞くのが怖くて、僕は店を飛び出した。ひとで溢れかえった店内から僕が忽然と姿を消したところで、気づくひとはいない。並木橋の交差点まで一気に走った僕は、そのまま八幡通りの坂を駆け上がる。ナルミさんは追って来ない。きっと、呆れていることだろう。

左手に「小川軒」が見えてくる。幼いころ、よく家族で食事をした店だ。家族――。そう、僕は家族にセクシュアリティを打ち明けていない。でも、ナルミさんは僕の兄と仲がいい。ひょっとしたら、兄に言うかもしれない。想像するだけで、身震いがした。終わった。全部、終わった――。

猿楽小学校裏の信号まで走りきって、僕はその場にへたり込んだ。

涙が止まらなかった。ナルミさんは心配しているだろうか。それとも、僕がいなくなったことにほっとしているだろうか。ポケットのなかではずっと携帯電話が震えている。ナルミさんだろうか。それとも、シゲ？

どちらにしろ、僕は電話に出るつもりはなかった。無視していれば、そのうち諦めるだろう。いまは、誰とも話したくない。誰の声も聞きたくない。ましてや、慰めなんか――。

倒れたるわれを支えてなお揺れることなきガードレールたくまし

電話はいつまで経っても鳴り止まない。一度切れてはすぐにまた震えはじめる。やっと息切れが落ち着いた僕は、いっそ電源を切ってしまおうと思って、ジーンズのポケットから携帯電話を取り出した。震え続けている電話をぱかっと開くと、ディスプレイに意外な名前が表示されていた。

母、だった。

なんで、母が？　恐る恐る、緑の通話ボタンを押す。

「――あんた！　男を好きだろうが女が好きだろうがなんでもいいけど、馬鹿なこと考えているなら目を覚ましなさい！」

「もしもし」という隙すらも与えられず、甲高い母の怒鳴り声が耳をつんざく。僕は一体なにがどうなっているのかわからず「え」「なに」と繰り返すばかりだ。

「いまショウから電話があったのよ！　ナルミさんっていう先輩が、あんたが極端な行動に走るかもしれないから心配だ、って。何度電話してもあんたにつながらないから、もしかしたら……ってナルミさんがショウに電話したのよ。それでショウからあたしにメールが来たの。あんた、いまどこにいるの！　まさか馬鹿なこと考えて……」

母の切実な声を聞くうちに、なぜだか笑いがこみ上げてきた。

なんて。なんて滑稽なんだろう。僕はナルミさんを信じることができず、勝手に恐れて逃げ出した。でも、ナルミさんはちゃんと心配してくれていた。考えればわかることだ。だって、ナルミさんはいつもやさしい。僕が電話に出ないから、焦って兄にまで電話をしてくれた。僕が馬鹿な真似をしないように。ああ、たしかに僕は馬鹿だ。馬鹿で、愚かで、滑稽だ――。

「大丈夫、大丈夫。ちょっと人酔いしちゃってさ。散歩に出ただけだよ」

僕は極力明るい声で、母に言った。

「もう、なんなのよ。心配かけて。あたしはあんたにもしものことがあったらどうしようかと……」

ますます笑いがこみ上げてくる。涙も一緒に溢れてくる。

僕は、なんて多くのひとに心配をかけているのだろう。なんて多くのひとに迷惑をかけているのだろう。そして、多くのひとが、こんな僕を愛してくれている。

「ごめんね。夜明け前にはちゃんと帰るから心配しないで。いまから店に戻るよ。ナルミさんにも謝ってくる。じゃあね」

泣いているのがバレたくなくて、僕は急いで電話を切った。

――まさか、家族へのカミングアウトがこんな形になるなんてな。

思わず、苦笑が漏れた。

「よし、戻ろ」

僕は立ち上がって、ジーンズのお尻の土埃をパンパンと払ってのち、八幡通りをゆっくり歩いて戻った。

代官山アドレスのタワーの左手に、しらじらと光る上弦の月が見えた。

七、星月夜

「あんた彼氏いないの？」

ダイニングテーブルの上に新聞をひろげて、コーヒーを飲みながら母が訊ねる。

「いないよ」

ダイニングとつながっているリビングのソファに寝ころんで庭をながめつつ、僕は答える。

「できたら紹介しなさいよ。あんたより背が高くて、英語が喋れるひとがいいな。教養があるひとがいいわ」

新聞から顔を上げることなく、母がのんびりと言う。表情は窺えないけれど、声がすこし上ずっている気がした。秋の長雨に濡れた庭の石灯籠は黒々と光り、脇に植えられた木瓜《ぼけ》の黄色い果実には、雫が滴っている。

「うん。紹介するよ」

と生返事をして僕は、そのまま狸寝入りを決めこんだ。目を閉じ、身を横たえていても、どことなく呼吸がしづらい。胸に意識を傾けると、素早いテンポの鼓動を感じる。緊張しているときや、人前で話をするとき、僕はしばしば胸の鼓動が速くなり、呼吸が浅くなる。つまり僕は、母とふたりきりの空間に緊張を感じていたのだった。四肢にぐっと力を入れてのち、一気に弛緩させる。ゆっくりと長く、息を吐く。鼓動が徐々におだやかになり、呼吸がしやすくなってゆく。

雨は、止みそうにない。雷鳴とともに、街の汚れを一気に洗い流すがごとく降る夏の夕立とちがって、しとしとと降り続く秋の長雨は、ただ憂鬱なばかりだ。

広いリビング・ダイニングにただよう重苦しい空気が、Ｔシャツから伸び出た僕の腕の上を、のったりと撫でてゆく。

雨だれが窓をつたいてゆく音を聞く　あなたには聞こえぬ音を

＊

小学六年生のとき、大怪我をした。

運動会の練習中に転び、どうにか立ち上がろうと地面に腕を立てたところで、クラスで一番の巨漢だったラグビー部の男子にのしかかられたのだ。僕の右腕はボキッというマンガのような音を立てて、見事に折れた。前腕の皮膚を折れた骨が突き破り、外に飛び出していた。グラウンドでのたうちまわりながら絶叫する僕を、クラスのみんなが「うわっ！　やべえ、腕ぷらんぷらんだよ」とか、「ぎゃあ！　骨が見える！」と騒ぎながら遠巻きに見ているのがわかった。担任の先生が慌てて駆け寄り、僕は小学校の真裏にあるＫ病院に緊急搬送され

ることになった。病院までの道中、付き添ってくれた衛生室（僕の通っていた小学校では保健室をこのように呼ぶ）の先生が、

「普通、これだけの重傷なら意識を失うのに……。あなた、不運ねえ」

と、どこか冷めた口調で言った。たしかに不運だった。気を失っていたら、あの尋常じゃないほどの痛みを味わわずに済んだはずだった。

整形外科の担当医は〈右前腕部尺骨・橈骨《とうこつ》開放骨折〉という難しい診断名とともに、

「二ヶ月の入院は覚悟して下さい。それから、後遺症が残るかもしれません」

という無情な予後を、淡々と告げた。僕は医師の言葉を聞いた途端、号泣した。付き添いの衛生室の先生が、気の毒そうに僕の背中をさすってくれた。右腕の痛みは筆舌に尽くしがたいものがあったけれど、痛みや後遺症の可能性より、長期入院という現実のほうが辛かった。

世田谷の実家から車を飛ばして来た母が病院に着いたときには、もう僕は病室のベッドの上に寝かせられていた。

「——なんだか、こうやって見ると重病人みたいですね」

ベッドの足元で呆然とつぶやく母に対して主治医は、

「重病人なんですよ」

と、冷たい声で応じた。

「ただの骨折ではないんです。二本の骨が割り箸のようにぽっきり折れて、皮膚を突き破ってしまったんです。骨が外気と土に触れてしまって、再生力が落ちていますから、骨折部が

くっつくのに非常に時間がかかります。また、細菌感染のリスクが高いので外科手術によって患部をボルトで繫ぐことができません。X線を投射しながら全身麻酔で整復手術を行ったあと、右手の甲にドリルで穴を開け、針金を通します。その後、ベッドの上に組んだ櫓《やぐら》に滑車と重石をつけて、手の甲の針金とつないで腕を吊るした状態を一ヶ月半ほど保ち、骨が自然とくっつくのを待ちます。その間は立ったり歩いたりは一切できません。細菌感染予防のための抗生物質の点滴を、退院まで毎日続けることになります。先ほどご本人にも伝えましたが、入院は二ヶ月を超えるでしょう」

厳しい現実を事務的な口調で告げる主治医の言葉を聞いた母はしばし絶句したのち、僕の上半身をさすって「ダン、頑張ろうね」と励ましてくれた。僕は、三たび泣いた。

二ヶ月も家に帰れず、母と離れて暮らさねばならないなんて、この世の地獄だと思った。それほどまでに、十二歳のころの僕にとって母の存在は大きかった。

笑わねばならぬと力こめたればちかちかとまならうらに散る星

母は毎日病院に来て、僕の面倒を見てくれた。当初相部屋に入れられていた僕を「思春期なのだから可哀想だ」と言って、豪華な個室に移してくれた。祖父が経営するホテルから弁当や食事を取り寄せ、食べさせてくれた。右腕をベッドの櫓に吊るされている僕は、風呂はもちろん、トイレで用を足すこともできない。歯磨きから用便にいたるまで、ひとの手を借りねばならなかった。第二次性徴の兆しが顕れはじめたからだを母にさらすのは、たまらなく恥ずかしかったけれど、諦めてとことん甘えることにした。

僕の下《しも》の世話をしながら母は、

「あんたが赤ちゃんのころを思い出すわ」

と、どこか嬉しげでもあった。

このときは、母との関係に悩む日が来るなんて、想像もしていなかった。

*

秋の夜は胸に空きたる風穴を埋める重荷をさがして歩く

中学で自身のセクシュアリティに気づいて以来、僕は大きな秘密とともに生きて来た。ところが、ナルミさんとの一件で、ながらく胸に育んで来た秘密が、思いがけないかたちで霧散してしまった。僕の胸には、大きな秘密に替わって大きな空洞がうまれたのだった。重荷から放たれたのは喜ばしいことなのに、僕は急に軽くなった胸を持て余していた。まるで、自分という人間がすかすかになってしまったような気すらしていた。

家族へのカミングアウトは、性的少数者にとって最後の砦《とりで》と言われる。当時、インターネットや、たまに訪れる新宿二丁目で知り合い、付き合うようになったゲイの友人たちのなかで、家族に性的指向を打ち明けていたのは少数だった。

ただ、カミングアウトを果たした友人たちは一様に、

「打ち明けて良かった」

「胸のつかえが取れた」

「自由になれた」

と言っていた。

たしかに、胸のつかえは取れた。ところが、つかえの取れた僕の胸の空洞を充たしはじめたのは、自由やよろこびではなく、得体のしれない不安感だった。


玉手箱開けたるのちの浦島のその後の日々のことなど思う

ちょうどこの頃、僕はふたたび歌をよく作るようになった。突如として胸に生まれた空洞と、漠然とした不安。なんとも言えない、据《す》わりの悪い感じがする日々を、携帯電話のメールの下書き機能を使って、三十一文字の韻文で書き留めることが多くなった。

革命を夢見たひとの食卓に同性婚のニュースはながれ

僕のセクシュアリティが露見してからも、母はとてもやさしかった。むしろ、それまで以上にやさしくなったような気がした。ことあるごとに、僕のことを気づかってくれた。

ただ、世田谷の実家で母とふたりきりになると、どことなくお互いの急所をさぐり合うよ

うな――あるいは避け合うような、なんともぎこちなくて気まずい会話が交わされることが多くなった。たまたま早く帰宅した日に夕餉《ゆうげ》をともにすると、母はテレビのニュースや新聞で当時少しずつ取り上げられるようになっていた性的少数者関連の話題を見つけては、

「いい時代になってよかったわね」

と僕に声をかけて、反応を窺ったりした。

僕は、

「うん。そうだね」

と答えるほかなく、母子のテーブルはしばしば重い沈黙に支配された。僕は自分が生きている時代が本当に「いい時代」なのかよくわからなかったし、母に対してどう振る舞うべきなのか、答えを見つけられずにいた。

自分から、セクシュアリティについて積極的に話すべきなのだろうか？　あるいは、男性のタイプや、いままでの恋愛遍歴などの下世話なトピックであれば、気まずさを感じることなく、自然と話が弾むかもしれない――。いやいや、そんなことをしたら、親子関係がもっとぎくしゃくするかも……。

秘密にかわって胸にうまれた不安感は、膨らんでゆくいっぽうだった。

母は、ゲイの息子の母親としての正解がわからなかったし、僕はカミングアウトしたゲイの息子としてどう振る舞うべきなのかわからなかった。カミングアウトして自由になれるはずだったのに、僕にとっては真逆だった。嘘をつきながら暮らしていた日々のほうが楽だった。母もきっと、そう感じていた。母子のあいだで日々繰り返される、なんとも微妙な腹の

さぐり合いに、お互い疲れはじめていた。

ぬめぬめと糸吐き交わす食卓に織り上がりゆく褐色の羅紗《ラシャ》

僕は以前にも増して夜遊びに出ることが多くなった。

シゲを通じて知り合った芸能界やファッション界の友人たちの家を、夜な夜な泊まり歩いた。

大学やゴルフサークル「P」からは、さらに足が遠のいた。代官山で突然逃げ出したとき、ナルミさんには迷惑と心配をかけてしまった。合わせる顔がないと思ったし、なによりナルミさんに対する気持ちを、まだ消化しきれていなかった。

南青山の一等地にあるギタリストのT君の家には、よく入り浸らせてもらった。スタジオと自宅を兼ねたデザイナーズマンションの内装はとても凝っていて、大きなシルバーのソファが、僕の特等席だった。ふかふかのソファの上で体育座りをして、ギターを爪弾くT君を眺めるのが好きだった。

T君の家には、さまざまなひとが気まぐれにやって来た。

当時大人気だったアイドルグループのメンバーだったIちゃんとは、なんてことない恋の話に花を咲かせた。アイドルゆえの苦労話も、たくさん聞いた。明け方にふらっと現れることが多かった人気ロックバンドのギタリストのK君は、僕よりもかなり年上なのにどこか可愛らしいところがあって、十九歳の僕に「ちょっと聞いてよ」と仕事の愚痴をこぼしたり、プライベートの悩みを打ち明けてくれたりした。モデルのMちゃんは僕と年齢は変わらないのにものすごく大人びていて、母性あふれるひとだった。なにより彼女は、責任感が強かった。僕の将来や親子関係を案じて苦言を呈してくれたし、ときには本気で叱ってくれた。

才能にあふれたアーティストたちが、なんで一介の世間知らずな十九歳のゲイの大学生と対等（だったと思う）に向き合ってくれたのか、いまもってわからない。でも、僕はT君の家でかれらと過ごす時間が、とても好きだった。T君の家にいるときは、得体のしれない胸の不安感を忘れることができた。

T君は居場所をなくした僕に寝床を提供してくれるけれど、積極的に話を聞き出そうとしたり、悩みを分かち合おうとはしない。もちろん、アドバイスをくれるわけでもない。ソファに寝ころぶ僕の横で、酒を飲みながらサッカー中継を観たり、ギター片手に作業をしているだけだ。眠くなれば「じゃあ、おやすみ」と言い残し、ベッドルームに消えてゆく。T君が眠りに就いたあとは、帰りたくなったら帰ればよかったし、朝までソファで寝ていても咎《とが》められることはなかった。

T君の家にいるときの僕は、自由を謳歌していた。

抵抗を是として君の金髪がきしきし音を奏でてゆれる

「――このCDこないだもらったんだけど、聴いてみてよ」

ある夜、いつものようにシルバーのソファでくつろいでいると、ふいにT君が編曲作業の手を止めて、十二センチのマキシシングルを渡してくれた。

鬼束ちひろの〈流星群〉という曲だった。数々のヒット曲を生み出して来たT君が、自作の曲ではなく当時話題になっていた個性派シンガーソングライターのシングルをくれたことが、少し意外に感じられた。

「え、ありがとう。いい曲なの？」

「……ダンが好きなんじゃないかな、って思っただけ」

僕の目を見ずにぼそっと答えたT君は、琉球硝子のロックグラスを傾けつつ、作業に戻った。僕は、ふうん、とつぶやいて、ＣＤをトートバッグのなかに放り入れた。

真っ白な想いざわめく星月夜（Baby 今は）泣かないでおく

Inspired by JUDY AND MARY〈クラシック〉

午前五時すぎに帰宅すると、二階の母の部屋の窓から、明かりが漏れていることに気がついた。母は宵っ張りなほうだけれど、さすがに空が白んで来るような時間まで起きていることはあまりない。訝りつつも、玄関の扉をできるだけ静かに閉めて、おそるおそる螺旋階段をのぼった。自室に入り、トートバッグをベッドの上に放り投げて、洗面所に行こうと部屋を出る。廊下に、部屋着姿の母が、腕を組んで立っていた。

小声で「ただいま」と言って僕は、母の横をすり抜けようとした。白皙《はくせき》の顔に、心配と怒りがないまぜになったような表情を浮かべた母が、「待ちなさい」と僕を引き止めた。

「連日こんな時間までどこにいるのよ」

つきつきとした声を聞きながら、そういえば母と目が合ったのはひさしぶりかもしれないな、と思った。

「……友達の家だよ」

「友達って誰よ。シゲ君？」

母の口調が、詰問の色を帯びてゆく。

「シゲじゃないよ。年上の友達」

「あんた、まさか変なひとたちと付き合ってるんじゃないでしょうね」

どのようなたぐいのひとを指して、母が「変なひと」と言っているのかはわからない。ただ、まるでT君やMちゃんを馬鹿にされたような気がして、僕は苛立ちを覚えた。

「変なひとってなんだよ。T君はちゃんとしたミュージシャンのひとだよ。有名人だし」

僕の声も、おのずと反抗的になる。

「ミュージシャンって……。あんたねえ、未成年をこんな時間まで家に帰さないひとが、ちゃんとしているわけないでしょう！」

視界が、一気に赤く染まった気がした。

ふざけんな。ふざけんな――。

心のうちでつぶやいたつもりの言葉は、口から出ていたようだ。

母が、

「ふざけんなはこっちのセリフよ！」

と、甲高い声で叫ぶ。諍《いさか》いに気づいた兄が、寝ぼけ眼をこすりながら廊下に出てきて「なんなんだよ、うるさいな」と文句を言う。でも、母と僕の応酬は止まらない。

「T君が家に帰さないわけじゃない！　俺が家に帰りたくないんだよ！」

そう、僕が帰りたくなかったのだ。家で、母とふたりきりになるのがたまらなく苦しかった。小学生のころ、あんなに帰りたくてしかたがなかった家から、たまらなく恋しかった母から、逃げたかった。いや、秘密にかわって胸を支配していた不安感から逃げたかったのだ。

「帰りたくないって、いったいなにが不満なのよ！　あたしはあんたのことこんなに理解して……」

――理解？　母が？　僕のことを？

「できるわけ、ないだろ。理解なんか」

受け容れることと理解のそのあわい青く烈しく川は流れる

母は僕を愛してくれた。僕のことを想ってくれた。そして、僕のセクシュアリティを受け容れた。

でも、僕にとってそれが「理解」であるとはどうしても思えなかった。

「理解」にいたる道のりは険しい。ひとを理解することは、ひとの痛みや苦しみを追体験しないかぎり困難だと思うから。

語らいの果てにいよいよ暴かれるぼくのいちばんやわらかな箇所

　想像力だけで、ひとを理解することはできない。だから僕たちは語り合い、さらし合う。骨折で入院していたころ、僕は母にすべてをさらしていた。毎日、朝から晩まで病室にいてくれた母は、思春期に差し掛かりつつあった十二歳の僕のからだを拭き、排泄の世話までした。僕は、左手で箸を扱うことの苛立ちや、ベッドから離れられないもどかしさを、すべて母にぶつけていた。母もまた、第二次性徴期の息子の下半身と向き合うことの難しさや、年ごろの兄を家に残したまま、僕の入院先に詰めていることの苦労を、僕にぶつけてくれていた。

　母も僕も、直情型で歯にものが挟まったようなやり取りが苦手だ。明け方の廊下でむき出しの感情をぶつけ合うという、一見愚かしい行為こそ、母子にとって必要なことなのかもしれなかった。

「――これだけ好きにさせてあげて、ありのままを受け容れてあげる母親なんてなかなかいないわよ！　自分が理解ある母親だという自負があるわ」

　母の言い分は、到底納得できない。兄は母子喧嘩の仲裁をとうに諦めて、自室に戻ったようだ。

「詭弁だ。それにそんな自負は、ただの自己満足だよ」

　僕の言葉に、母の顔が一気に険しくなる。

「なにが自己満足よ！　あなたの性癖を受け容れてあなたの自由にさせている。どこが詭弁なのよ！　答えなさい」

「性癖ってなんだよ！　ひとを変態みたいに言うなよ！　それに俺は自分の意思でこうなったわけじゃない」

僕の言葉に母は、

「ふざけないで！　あんたの意思じゃないなら何だっていうのよ！　あたしの育て方が悪かったって言いたいわけ？」

と、逆上した。

「ふざけてなんかいない！　育て方が悪いって何だよ！　俺は失敗作なのかよ！　俺が同性を愛することを自分で選んだのなら、それを許してくれるあなたに感謝するのも道理が立つかもしれない。でもちがうんだ。俺は同性しか好きになれない。許すとか許さないの問題じゃない。育て方とかの問題でもない」

自分でもびっくりするくらい、言葉がすらすらと口をついて出た。

母の顔から怒りはもう消えていて、かわりに諦めが浮かんでいた。

「……じゃあ、わたしはいったいどうするのが正解なのよ」

「正解なんて、たぶんないよ。だから何もしなくていい。いままでと同じでいい。俺が別人になったわけじゃないんだし」

そう、僕は別人になったわけじゃなかった。心に長年巣くっていた秘密がひとつ、消えただけのことだった。

「そうね。あなたは変わったんじゃないのよね」

母はどこか、安堵したように吐き出した。

終わりなき逃避行などないことをやっと知りたり　母に泣かれて

「俺、怖かったんだ。彼氏のこと訊かれたり、やさしくされたり、気づかわれたり。なんか自分が別人になったみたいで。自分が異常な人間になったような気がした」

告白しつつ、僕は母との対話から逃げつづけていたことを悔い、反省していた。親子のかたちに正解なんてないけれど、少なくとも正解を求めて語り合うことから逃げるべきではなかった。

「わたしも怖かったわよ。あんた、急によそよそしくなるし、家に寄り付かなくなるし」

母も、怖かったのだ。当時、セクシュアリティに関する多様な情報や知識に触れることは決して容易ではなかった。テレビに映し出される性的少数者たちの姿はどこか画一的だったし、なにより揶揄の対象として扱われることが多かった。母の海外の友人にはゲイやバイセクシュアルのひとが何人かいたけれど、それでも母にとって性的少数者はあくまでも他人だった。ところが、いきなり息子が当事者であることを知り、他人事ではなくなったのだ。戸惑っただろうし、狼狽したことだろう。

僕が逃げずに母と語らっていれば、戸惑いや狼狽を和らげることができたかもしれない。「理解」に近づけたかもしれない。僕たち母子はそろって怖がりつつ、暗中模索していたのだ。

「俺は俺だよ。ただ、男が好きなだけ。それも、昔から変わらない。ずっと変わらないし、きっとこれからも変わらない。誰のせいでもないし、誰も悪くないよ」

僕の言葉を聞いて母は、

「わかった。安心したわ」

と言って、自室に戻って行った。


われとして生《あ》れていつかはわれとして死ぬだけのこと　それだけのこと

母との対話（喧嘩、だろうか）が終わったころには、外はすっかり明るくなっていた。手洗いと歯磨きを済ませた僕は、やっと自室のベッドに腰を下ろして、落ち着くことができた。放り投げたままになっていたトートバッグの口から、T君のくれたCDが覗いていた。

ポータブルプレーヤーにCDをセットして、イヤホンを耳に挿し込み、再生ボタンを押した。ピアノ一本の、シンプルなイントロが耳に心地よく響く。


すりむけばなべて醜いわたしたちだから言葉をください　せめて

六分近い曲を、僕は繰り返し何度も聴いた。聴けば聴くほど、言葉がどんどん身にしみてゆく。そして僕の頭のなかに、短歌の初句の五音が、次々と降ってくる。欠落や、狂おしい思いとはちがう、あたたかくて不思議な感情が、僕に歌を詠ませていた。

——ありがとう。めっちゃよかった。

〈流星群〉を十回以上聴き終えた僕は、ベッドの上でT君にお礼のメールを打って、そのまま床についた。

昼過ぎに目覚めて携帯を開くと、T君からサムズアップの絵文字だけの返信が来ていた。

八、飛翔前夜

家族での海外旅行は、いつもとても豪勢だった。

僕が初めて外国へ行ったのは、一歳のころだったらしい。ハバナ・ブラウンのレザーが張られたファーストクラスのシートに足を組んで座るいまは亡き（そして僕が七歳のときに出て行った）父の胸に抱かれた幼い僕の写真を見たことがある。目的地は、祖父がホテルを何軒か所有するハワイだったはずだ。記念すべき初の海外旅行の思い出は、当然ながら記憶に残っていない。

父が出て行ったあとも、家族で毎年海外に行った。祖父（もちろん母方だ）の経営する会社は大手交通会社として知られていたけれど、ホテルや旅行部門なども傘下にあった。一人娘の母や、孫である僕たちの旅行のために、祖父はいつも気を配ってくれたものだ。成田までは祖父の運転手が送ってくれたし、空港には旅行部門のスタッフ数名が、うやうやしい態度で待ち構えてくれていた。当時、祖父は日本最大手の航空会社をはじめ、いくつかのエアラインの筆頭株主であり、社外取締役も務めていた。空港では祖父の会社の社員が僕たち家族の荷物をさっと持ち運んでくれて、航空会社の空港拠点長や地上係員が「こちらでございます」とラウンジまで先導してくれる。母と兄、そして僕のパスポートを手にした地上係員が出国審査場の一番端にあるクルー・レーンに走ってゆき、先に手続きを済ませていてくれる。僕たちは先導されるがまま、ただついてゆくだけでよかった。手荷物などは、旅行部門のスタッフが、適宜チェックインしてくれている。ラウンジまで案内してくれた空港拠点長が「それでは、のちほどまたお迎えに上がります」と去ってゆき、僕たち家族はラウンジで軽食を取り、お茶を飲んで過ごす。搭乗時刻がかなり過ぎてからふたたび拠点長があらわれ、「ご搭乗口までご案内いたします」と、ゲートまで連れて行ってくれる。ほかの乗客たちが軒並み席についたあと、最後に搭乗するのが常だった。

現地の空港に着いてからも、航空会社のスタッフが降機する僕たちをボーディングブリッジで待ち構えていて、荷物をすべて持ってくれた。入国審査等もフリーパスで、到着出口にいる祖父の会社の支店スタッフたちに引き継いでくれる。ハワイやサンフランシスコ、あるいはオーストラリアなど、祖父の会社がホテルを所有している場所の場合、支店が手配した車でホテルまでゆき、エントランスでは総支配人はじめ多くのひとたちが僕たちの到着を待っていた。外国人の支配人やスタッフと拙《つたな》い英語で緊張しながら二三の挨拶を交わし、家族専用のスイートルームまで案内される。あとは、別途に届く荷物を待つだけだ。

祖父のホテルがなく、会社の支店がないヨーロッパ各地やアメリカの東海岸への旅でも、空港での至れり尽くせりの対応は同じだったし、取引先や関係する会社のホテルが必ずあったから、世界中どこへ行っても大変なＶＩＰ待遇を受けられた。僕たち家族は何一つとして、自分たちの手ですることはなかった。

その分、かなり気を使った。祖父の所有するホテルでは、宿泊料金などはほとんどかからないが、母はいつもスタッフたちに山のようなお土産と心付けを用意していた。ベッドメイキングの際に枕元に置くチップも、一ドルが相場と言われていた時代に、最低でも二十ドルは置くようにしていた。最終夜には支店の全スタッフを招いてお礼の食事会を催し、英語やフランス語が堪能だった母は、現地スタッフたちのテーブルを挨拶しながら回り、とにかく笑顔を絶やさなかった。将来跡継ぎになると目されていた兄は、子供ながらに精一杯堂々と振る舞っていた。次男という気楽な立場の僕も、絶対に変なことを言ったりしてはいけない、と緊張しながら会食に参加していた。ある意味、まったく家と関わりのないホテルに泊まるよりもお金がかかったし、気疲れした。

なにより、ホテルでの過ごし方が一番大変だった。一般客として泊まっているのならば、ホテルはくつろぎの場所だ。誰に気兼ねすることもなく、掃除や洗濯をする必要もない。バルコニーでイングリッシュ・ブレックファストティーやシャンパーニュを傾けながら思い思いの時間を過ごすことができる。ところが、僕の家族の場合はそうはいかない。ホテルの清掃スタッフたちは、泊まっているのがオーナー一家であることを知っている。僕たちの一挙手一投足は、常に誰かに見られていた。通常、ホテルで朝起きて観光や買い物に出かける際には乱れたベッドはそのままにしてゆくものだろうけれど、母はいつも自らの手でできる限りベッドをきれいな状態に整え、使い終わったグラス、カップやソーサーに至るまで、すべて軽く洗っていた。果ては、ゴミ箱の中身にまで気を配っていたものだ。僕は幼少から大学生になるまで、ホテルでくつろいだ経験がない。

いにしえのひとすべからく鳥なりしゆえにいびつな背中まがなし

僕が十八歳になる年、社長だった祖父が胃がんで他界した。それでも僕たち家族は引きつづき大株主として家業の会社に関係していた。母はいくつかのグループ会社で役員の立場にあり、家業の関連施設に出入りするときの緊張感や「見られている」という意識は、祖父が存命のころと変わることはなかった。

＊

大学二年生の初夏、母とふたりでハワイへ行った。長年祖父の下でハワイの総責任者を務めていた日系人役員が急死したために、急遽弔問にゆくことになったのだ。サークルの合宿を優先した兄は、同行しなかった。役員でもある母にとっては公務出張だったので、フライトは会社が手配してくれた。宿泊はもちろん会社所有のホテルのスイートルームだった。

到着後、支店のスタッフや総支配人との挨拶を済ませ、ホテルで荷解きをしているとき、心配そうな顔をした母が、ふいに低い声で訊ねた。

「……あんた、まさか今回変な雑誌とか持ち込んでないでしょうね」

「ないよ。俺だってそこまで馬鹿じゃないって」

答えながら、動悸が止まらなかった。きっと、声も震えていたことだろう。四肢の先が冷たくなるのを感じていた。このとき、僕はサムソナイトのスーツケースの底に、新宿二丁目でこっそり買った成人向けゲイ雑誌を一冊忍ばせていたのである。

インターネットやモバイル端末がいまのように普及していない時代、もてあました性欲を発散させるために、ゲイ向けのポルノ雑誌や過激な描写のBLマンガに頼ることが多かった。旅行のときは、スーツケースの底にこっそりとゲイ雑誌やマンガを隠しておく。今回は母とふたりきりの旅とはいえ、スイートルームのベッドルームは二つに分かれている。夜はひとり、自分のベッドルームに籠もって過ごすつもりだった。ひとりで過ごす夜のお供に、と、ついついいつもの癖で雑誌を持ってきていたのだ。

「よかった。変なこと訊いて悪かったわね。でも、本当に気をつけなさいね。わたしたちはいつも見られているの。忘れないで」

言い含める母の声を聞きながら、胸のなかに黒い大きな靄《もや》がひろがってゆくのを感じていた。

たましいは自在に色を変えながら徐々に翼の態に近づく

家族へのカミングアウトを果たし、僕は大きな砦を乗り越えたはずだった。母ともお互いの感情をまっすぐぶつけ合ったことで、より成熟した親子関係を築けていると思っていた。僕は、自由になったはずだ。ところが僕の目の前には、もうひとつ大きな砦があった。大伯父が一代で築き上げ、その後祖父が大いに発展させた大企業の御曹司《おんぞうし》（次男だけれど）という自分の立場を、僕は忘れていた。

人は石垣、人は城。情《なさけ》は味方、仇《あだ》は敵だ。忘れちゃいかんぞ。従業員は家族だからな——

情に厚い生粋の甲州商人だった祖父は、武田信玄の言葉を事あるごとに口にした。会社と家は地続きで、従業員は、家族。母と兄へのカミングアウトを果たしてすっかり安心していた僕は、あまりに大きなもうひとつの「家族」の存在を、すっかり失念していたのだった。

ダンさんは将来副社長としてお兄様を支えていくお立場ですよ。立派なお嫁さんをもらって、早く先代社長を安心させて差し上げてください——

幼いころからかわいがってくれた祖父の秘書やグループ会社の役員たちからの親切な進言は、僕に「立場」の自覚を促して来た。

「まずは相手探しから、ですね」

となんとか答え、引きつった笑顔を振りまいていたものだった。

世間がわたしたちを幸せにしてくれるのなら世間に気を使って生きるのもいいわ。でも、世間は決してわたしたちを幸せにしてくれない。だから、世間に気を使って生きる必要はないのよ——

母はいつも、僕たち兄弟に自主性の大切さを教え諭して来た。たしかに、いわゆる世間は僕たちを幸せにしてはくれない。いっぽう、僕たち家族にとっては、祖父の残した会社で働いてくれる従業員の勤労と努力が生活の源泉であり、彼らこそが僕たちを幸せにしてくれるひとびとだ。母の定義する「世間」とはちがうけれど、約二万人を数える家業の会社の従業員は、僕の家族にとってかけがえのない「世間」なのだった。母は、社会一般の「世間」に対して気を使うことを強いることはなかったけれど、家業の従業員というもうひとつの「世間」をないがしろにすることは、決して許さなかった。

母とふたりきりでのハワイ旅行（というより出張だ）で、僕はあらためて自身の立場を思い知らされた。

「あんたがゲイなのはかまわないけれど、会社のひとたちには絶対に黙っておきなさい。あなたもいずれ、ナンバー2になるかもしれないのよ。わたしは親だから、いつでもあなたの味方でいられるけれど、わたしが死んだあとは誰もあなたを守ってあげられない。だから、絶対に気を抜かないようにね」

ワイキキの中心に建つホテルの二十一階にあるプライベートスイートのバルコニーに立ち、エメラルドグリーンの太平洋を眺めながら、母は僕を諭した。その横顔と立ち姿があまりに凜としていて、僕は「うん、わかってる」と答えるしかなかった。


海に立てば海割るごとくくびすじの肌《はだえ》するどく母は白樺

ぴーひょろ。ぴーひょろろ。

吹きわたる風に混じって、トンビの鳴き声が聞こえた気がした。ワイキキに、トンビがいるはずがないのに。二年前、僕はこの場所でアイコちゃんの死を知ったのだった。僕は、成長したはずだった。家族へのカミングアウトという砦を乗り越えた。でも、「完全な自由」には程遠いのだと思い知った。僕は、二万を超える大切なひとびとに対して、秘密を抱え続けなければならなかった。そういう意味では、アイコちゃんとたったふたりで秘密を分け合っていた十七歳の頃と比べて、僕は全然成長できていないのかもしれない。

部屋に戻ってゆく母の背中を見ながら、ふとそんなことを思った。


そういえばこの場所だったましろなる花の散りゆく音を聞きしは

＊

「――よかったら一緒にうちの実家遊びに行かない？」

と、女友達のアキに誘われたのは、大学二年の晩秋のころだ。シゲから紹介されて仲良くなったアキは、小学生から高校を卒業するまでシンガポールで育った同い年の帰国子女だ。本当はシンガポールの大学に進学する予定だったが、日本のギャル文化に憧れていた彼女は、どうしても日本で大学生活を送りたいと両親に駄々をこねて、帰国子女入試制度を使って関東の国立大学に進学した。ただでさえ大きな目は太いアイラインに縁取られ、瞼には青いシャドウを塗っている。小顔メイクを志向しているせいか、フェイスラインにはかなり濃い目のシェーディングが施されている。すっかり傷んでぱさついてしまった金髪の毛先をいじりながら話すアキは、とてもお嬢様には見えないけれど、シンガポールで二十年以上にわたって船舶関連の大きな会社を経営する彼女の父親は、現地でも名の知れた日本人実業家だ。

シンガポールには、小学生のころ一度だけ家族で訪れたことがあった。現地に暮らす、母の旧知の友人に会うためだった。ただ、幼い僕は母についてまわるばかりで、具体的に覚えているのはカリカリに焼かれた子豚の丸焼きが美味しかったことと、ホーカー・センター（シンガポールの屋台街だ）の雑踏くらいだ。北京語を母語とする妻（母の友人だ）と、広東語を母語とする夫が、それぞれの言語と英語を織り交ぜて会話しているのが印象的だった。日本で日本語に囲まれて育った僕には、シンガポールという小さな多民族国家を覆うコスモポリタンな空気は、好ましい記憶として残っていた。

母とのハワイ出張の際に生じた大きな黒い靄が、まだ僕の胸のなかに燻っていた。アキからの誘いは、靄を払うための福音かもしれない、と思った。

「いいね。シンガポール行きたいかも。小さいころに一度行っただけだし」

代官山のカフェで、かなり濃くなってしまったアッサムティーのカップを見つめつつ、僕は答えた。南国で育ったせいか、季節を問わず冷たいものを飲みたがるアキは、すっかり氷の溶けてしまったアイスコーヒーをストローでかき混ぜながら、

「じゃあ、クリスマス前くらいに現地集合しようよ！」

と、楽しげに言った。僕は「おっけー」と肯いつつも、やはり一抹の不安を感じていた。自らの意志で、自らチケットを手配し、海外へゆくのは今回が初めてになるのだ。なにせ、空港での諸手続はもちろんのこと、ホテルへのチェックインすらしたことがない。

「わたしは十二月二十日の午後のＳＱ（シンガポール航空）で帰ろうかなあ。ダンも同じくらいでフライトとホテル押さえておいてね」

飛行機のチケットって、どうやって取るんだろう。

ホテルの予約は、電話？　それともインターネット？

携帯電話でさくさくとフライトを検索しているアキの前で、僕は自分がとても世間知らずであることに気づいて、愕然としていた。


ふかふかと銀糸の衣《きぬ》にくるまれて生き来しことをはたちは知りき

家に帰ると、リビング・ダイニングでBBCニュースを観ていた母に、冬休みにシンガポールへ行きたい、と伝えた。母は少し目を見開いてのち、

「いいじゃない。アメリカやヨーロッパばかりじゃなくて、若いうちに色々な国を見て回らないとね」

と、笑顔を見せた。

「うん。俺もいい機会かと思って」

「シンガポールなんて、昔ジュリアに会いに行って以来じゃない？　あなた小学生だったよね。わたしから今夜ジュリアに連絡しておくわ。飛行機とホテルは明日あなたが秘書室の古田さんに電話して……」

「いや、大丈夫。今回は、自分で全部やる」

母の言葉を遮って、僕は宣言した。

「……そう。それもいい経験ね」

母は思いの外あっさりと納得して、ふたたびテレビに向き直った。画面のなかでは、淀み

ないイギリス英語で立て板に水のごとく話しまくることで有名な男性ニュースアンカーが、苛烈をきわめるイラク戦争への英軍参戦の大義について、ブレア政権の高官を舌鋒鋭く追及していた。時おり映し出される、群衆に引き倒されたフセイン像の姿を観て「なんか可哀想に見えてくるわね」と苦しげに吐き出して、母は、

「お願いだからイラクに行く、とかはやめてよね。行くなら安全な国にしてよ」

と冗談とも本気ともつかない口調で念を押した。

「もちろん、わかってるよ。いつか平和になったらイラクも行ってみたいけどね」

と答えて、僕は螺旋階段を上り二階の自室へ向かった。

当時すでに大手航空会社はウェブ予約システムを構築していたけれど、現在ほど発達はしていなかった。僕は母から持たされていた航空会社のマイレージカードの裏面に小さく書かれた予約センターの番号に電話をした。

女性オペレーターの案内に従って、チケット自体はすんなりと取ることができた。あとはホテルだ。以前、家族でシンガポールに行ったときは、祖父の会社を通じてホテルを手配してもらっていたけれど、今回は自分で目星をつけて予約しなければならない。なにより、いままではどこのホテルに泊まるに当たっても、オーナーや系列会社といったコネクションを通じて特別料金や招待宿泊《コンプリメンタリー》が提供されてきたから、僕は宿泊料金の相場すら把握していなかった。シンガポールといえば、ラッフルズ・ホテル。小学生ではじめてシンガポールを訪れたとき、白亜のコロニアル建築と、赤道の太陽に照らされて煌めくオレンジ色の甍《いらか》の美しさに魅了された。なにより僕は、幼少期から古い建築が大好きだ。どうせ行くならば、ラッ

フルズ・ホテルに泊まってみたい――。思い立った僕は、インターネットでラッフルズの値段を調べはじめた。いまのようにブッキングサイトなどは普及していなかったから、公式サイトを閲覧するほかなかったけれど、念のためガイドブックの情報や旅行ブログなどにも当たった。結果、ラッフルズ・ホテルに滞在する場合、一泊あたり日本円で七万円以上かかることがわかった。十二月二十日からクリスマス・イヴまで現地に滞在して、年末年始は東京で家族と過ごす算段を立てていた。一泊七万円で、税金やサービス料を含めたら、四泊の滞在費は四十万円近くになってしまう。いくら経済的に恵まれた家に生まれたとはいえ、ホテル代にそんな大金を費やすのはどうしても気が引けた。いつか、自分で金を稼げる日が来たら、ラッフルズに泊まろう、と心に誓って、僕はブラウザを閉じた。

とこしえに憧れのまま日ざかりの島にましろきホテルは崩れ

「てなわけで、どこ泊まればいいと思う?」

結局ホテルについては、シンガポールのプロであるアキのアドバイスに頼ることに決めた。

「うーん、シンガポールってホテル高いからねえ。予算どのくらい?」

「あんまり具体的なイメージないけれど……。たぶん、二万くらいかな」

二万かあ……、と嘆息してのち、アキは電話口でああでもないこうでもない、とぼやきはじめた。

「あ! あそこいいかも!」

と、いきなりアキが弾んだ声を出した。

「どこかいいところ思いついた？」

「タンジョン・パガーに、うちの親の友達がオーナーやってる四つ星ホテルがあるんだよね。めっちゃ豪華なわけじゃないけど、コスパいいし場所も便利だよ。なにより、ゲイタウンに近い」

ホテル名を聞き、手元のラップトップで検索をしてみる。ラッフルズのように豪華ではないけれど、清潔感漂う機能的な客室や、現代的なデザインのロビーの写真などが表示された。ついでに〈シンガポール　ゲイタウン〉と打ち込む。ホテルのあるタンジョン・パガー地区の近くには若いゲイが集うホーカー・センターがあり、その裏手のニール・ロードという通りには、何軒かのゲイバーが立ち並んでいる、という情報にたどり着いた。

「いいね。ここ予約するわ」

僕は迷いなく、アキの勧めるタンジョン・パガーのホテルを予約することにした。

「わたしからオーナーに頼んでおこうか？　たぶん安くしてくれるし、アップグレードもしてくれるかも」

アキからの申し出はありがたいけれど、僕は「いや、いいよ」と断った。

僕はたしかに、多くの国へ旅行した。西はヨーロッパから東はアメリカ東海岸まで、飛行機に乗って空を飛んだ。でもそれは、決して自由な飛翔ではなかった。籠に入れられたオウムが、籠もろとも旅をさせられていたようなものだ。今回のシンガポールへの旅行は、僕にとってはじめて自由に飛翔する機会なのだ。

いまだ空の広さを知らぬ若鳥のうすき翼が秋に戦慄《わなな》く

＊

「忘れ物ない？」

出発当日の昼過ぎ、僕を玄関で見送る母はどこか不安そうだった。

「大丈夫。それに最悪パスポートと財布さえあれば現地調達できるわけだし」

答えながら、僕は愛車の青いＳＵＶのトランクにスーツケースを詰め込んでゆく。成田まで自分で運転して行って、車は空港の駐車場に置いてゆくことにした。

「まあ、あなた旅慣れてるから心配はしていないけれど、ほんと何があるかわからないから気をつけてよ」

「旅慣れてなんかいないよ」

運転席のドアを閉めつつ僕が放ったひと言に、母は怪訝な顔をした。

ガレージのシャッターを開けて、僕はギアをＤ《ドライブ》に入れる。運転席のウィンドウを開けて、見送る母に「じゃあ行ってくる」と軽く手を上げ車を発進させた。バックミラーに映る母の姿が小さくなってゆき、やがて見えなくなる。僕は環八を左折して、一路首都高速用賀インターを目指す。平日の昼だから、目立った渋滞はない。この分なら、予定よりも早く成田空港に着けそうだ。いつも車で溢れている環八瀬田交差点が、この日に限ってはがらがらだった。

夕焼けに逆らうようにスピードを上げる　あなたに会える気がする

成田インターから新空港自動車道へ入ると、左右に派手なロゴマークを掲げたトランジットホテルが次々とあらわれる。離陸したばかりのボーイング747が、轟音とともに頭上を過《よ》ぎる。機体はゆっくりと旋回しながら上昇してゆき、やがて茜色《あかねいろ》に染まった薄雲のなかへ消えていった。

九、極彩の海

十年ぶりに降り立ったシンガポール・チャンギ空港のターミナルのなかは、秩序だったせわしなさと、熱帯アジア特有のゆったりとした空気に、ちょうど半分ずつ充たされていた。片手でキャリーケースを引き、もう片方の手に持った携帯電話に向かってくせの強い英語でまくしたてながら、インド系のビジネスマンがきびきびと広いプロムナードを進んでゆく。彼のすぐ先を、のんびり楽しげに笑いながら歩いているマレー系の若者たちのグループは、誰ひとりとしてうしろのビジネスマンに気づく様子はなく、道を空《あ》ける気配もない。そんな彼らの攻防を横目に、免税店の若い女性店員ふたりが、中国語のまじった小気味良いテンポの英語で談笑している。

絶えずどこかで増改築が行われている、アジア屈指のハブ空港のターミナルは先進的なテクノロジーとひとびとの熱気であふれている。どこから漂ってくるのか、ドリアンやジャックフルーツのような甘い香りを感じる。

多民族のコスモポリタン都市国家であるシンガポールを象徴するような、極彩色の景色がひろがるチャンギ空港は、たしかにかつて一度歩いたことがある場所なのだ。案内表示板の独特なピクトグラムも、ものものしい雰囲気の入国審査場も、おそらく十年前と変わっていないはずなのに、僕にはすべてが初めて目にするもののように思えた。

わが胸に、あるいは脳の奥底《なずき》に芽吹きを知らず眠る種あり

機内で記入した、白地にオレンジの印字がほどこされた、細長い出入国カードとパスポートを手に、僕は「Immigration」というサインにたよって入国審査場を目指す。到着便が重なったせいもあってか、審査場はかなり混み合っていた。住所、パスポート番号、氏名、滞在先、滞在日数。よし、すべて問題ない——と、確認を終えたところで、僕が並んでいた列の担当審査官が「Next please.」と無愛想な声で手招きした。

赤道の湿りに翼《はね》が濡れてゆき落ち着きのなき若き鯵刺《あじさし》

インド系、あるいはタミル系に見える担当審査官は、差し出したパスポートと入国書類をぞんざいに受け取り、疑わしげな瞳で僕をじろじろと見据えた。いやが上にも、緊張感が高まる。家の会社の秘書を通しての旅行であれば、イミグレーションも基本的にはフリーパスだ。よくよく考えれば、こうして一般客としてイミグレーションに並ぶのも、僕にとっては初めての経験なのだ。

五歳のころ、母に連れられてディズニーランドに行った。汽車の乗り物を見つけた僕は「乗ってみたい」とせがんだ。ビッグサンダー・マウンテンが絶叫マシーンであることを知らなかったのだ。ギリギリ身長制限をクリアして、ビッグサンダー・マウンテンに乗った僕は、烈しく後悔した。怖かった。ジェットコースターなんて、二度と乗らない、と思った。でも、中学生以降、僕は絶叫マシーンが大好きになった。じりじりと最高点まで登っていくときの緊張感と期待感。一気に斜面を落ちるときの爽快感。恐怖や緊張は、アトラクションにもなりうる。

しかめ面でパスポートと入国書類を仔細に確認している審査官の前に立ちつつ僕は、これもまたアトラクションなのだ、と言い聞かせた。

シンガポールはなにかと法律が厳しい国だ。移民に対しても、敏感だ。麻薬犯罪には躊躇なく死刑判決がくだされるらしい。入国カードの裏面には〈麻薬の持ち込みは刑法に依って死刑になります〉というものものしい注意書きまである。僕のような若い一人旅の若者は、どうしても警戒されるのかもしれない。入国書類を細かくチェックしていた審査官の浅黒い手が、コンピュータ端末の上でぴたっと止まった。厳しい視線が、書類とパスポート、そしてディスプレイの三つをなんども往復しているのがわかる。

「……Any problem?（なにか問題が？）」

不安になって、思わず声をかけた。彼は僕の質問には答えず、しきりに書類を確かめている。

「Sir, you might have entered Singapore with different name before, eh?（あなた、前に別の名前でシンガポールに入国したことありますよね）」

思いがけない指摘に、僕は啞然としてしまう。

「No way! I surely say NO.（まさか！　そんなことありませんよ）」

どうにか答えると、審査官はますます疑いの色の濃い目線を向けて来る。

「Really? You might have entered with different name before. Remember, sir. Maybe...about ten years ago, lah.（本当ですか？　あなたはおそらく別の名前で入国しているはずですよ。おそらく……、十年ほど前です）」

たしかに僕は十年前、シンガポールに入国をしている。たしかにあの頃に比べれば背も伸びたし、痩せた。とはいえ、パスポートは最近更新したばかりで、夏すぎに撮った、金髪スジ盛り姿の写真が使われている。なにより僕は、僕自身以外の何者でもない。別人になったわけではない。なにかのまちがいだろう、まいったな……、と嘆息したところで、はたと気がついた。十年前のシンガポールへの家族旅行のタイミングで、僕の身には小さなライフイベントが起こったことを。


「堀池彈だったんですよ、小学校四年生まで」告白は蜜

自分の苗字が変わった過去を、すっかり忘れていた。両親が別居をはじめたのは僕が小学校低学年のころだったけれど、正式に離婚が成立したのは、その二、三年後のことだ。オサノ家の一人娘だった母が僕たち兄弟の親権を得たことで、オサノの家の戸籍に入ることになった僕は、父の姓を失った。前回シンガポールに来たとき、僕はまだ父の苗字を名乗っていたのだった。

「――Sorry, sir. I have probably entered with different surname before. Because, my parents divorced about ten years ago.（ごめんなさい、ひょっとしたら別の苗字で入国しているかもしれません。両親が、離婚したんです）」

僕の告白を聞いた審査官はちょっと肩をすぼめただけで、僕に入国カードを突き返してきた。そして、カードの最下段の小さな空間を指差しながら、

「Write down your previous surname here.（ここに君の前の名前を書いて）」

と事務的に指示をした。僕はトートバッグのなかのペンケースからボールペンを取り出して〈DAN HORIIKE〉と書きつけた。最後に旧姓で名前を書いたのは、たしか小学六年生のテストのときだ。離婚自体は早々に成立していたけれど、学校生活での利便性を考えて、卒業するまで、小学校では旧姓を使っていたのだ。およそ七、八年ぶりに書いた昔の名前は、自分のものに思えなかった。ボールペンのインクが切れかかっていたせいで、文字はかろうじて読み取れるというほどにかすれていた。

あらためて入国カードを手渡すと、審査官は相変わらず事務的な態度のまま手際よくデータを端末に入力し、

「OK. Have a nice day in Singapore.」

と、やっと笑顔を見せてくれた。「Thank you.」と言って差し出されたパスポートを受け取った僕は、なんだか足元がふわつくような心地だった。それはまさしく、ジェットコースターやフリーフォールから降りた直後の、足ががくがくする感覚と似ていた。

遠き日に忘れたはずの六音が雷雲のごと耳でふくらむ

入国審査に手こずったこともあって、バゲージクレームに着くころには、僕の乗ってきた便の手荷物はもうベルトコンベアの横に並べられていた。似たようなデザインの、大小のスーツケースが並ぶなかから、目印の青いリボンを結んでおいた大きなサムソナイトを見つけ出し、税関へ向かう。入国審査の厳しさに対して、税関はのんびりとしたもので、簡単に通り抜けることができてしまった。マレー人風の顔立ちの税関職員は、特に旅客の様子を見るでもなく、ただ後ろ手を組んであくびを嚙み殺していた。

到着ロビーに出ると、ホテルや会社名の書かれた紙を持った出迎えのひとびとが大勢いた。いままでの家族旅行では、ここで航空会社の拠点長は去ってゆき、ホテルの迎えの担当者や祖父の会社の責任者に引き継がれていた。でも、今回は僕ひとりだ。アキは「空港まで迎えに行こうか」と言ってくれていたけれど、断った。到着ロビーに立ち尽くしつつ、僕は達成感を覚えていた。イミグレーションと、税関をクリアしただけ。でも、僕にとっては大きな関門だった。自分の力と意思で、旅をする。何のために？　――自由になるために。たかがイミグレーション、と笑われるかもしれないけれど、僕にとっては自由への大きな一歩だった。

到着ロビーにある銀行の窓口で、五万円ほどの日本円をシンガポールドルに替えた僕は、タクシー乗り場に向かった。インド系の顔立ちの女性に指示され、列に並ぶ。イミグレーションと同様、ここにも色々なひとがたくさんいた。ビジネスマンらしき人や観光客。旅先から帰って来た、地元のひと。熱帯アジアらしい花のような香りに混じって、香辛料や、人間の体臭が鼻をくすぐる。聞こえて来る言語もさまざまだ。いままでの旅では目を向けることのなかった光景を前にして、僕はまったく退屈を感じなかった。行列には、きっと二十分近く並んでいたと思う。でも、僕にはあっという間に感じられた。係員に導かれ、シルバーと青の塗装が施された旧式のクラウン・コンフォートの後部座席に身を滑り込ませたとき、僕の胸のなかは興奮で充ちていた。

「Where to go?（どちらまで？）」と訛りの強い英語で訊ねる初老の運転手は中華系のようで、車内には北京語のラジオ放送が流れていた。携帯電話のメモに控えたホテル名と通りの名前を告げると、運転手は「OK, lah.」と答えて車を発進させた。

空のあお海のあおとが混ざりあう水平線は淡き灰色

運転手は饒舌だった。「どこから来たか」と問われ「日本だよ」と返すと、「娘の旦那がトーキョーで働いていた」などと、話を合わせてくれる。大学生で、中国語を少しかじったことがある旨を告げると、彼は途端に破顔して、嬉しそうに中国語で話しだした。とはいえ、当時の僕は本当に第二外国語の授業でかじった程度で、訛りの強い運転手の中国語はほとんどわからない。困った顔をしていると、いくつかの単語を連ねて、英語で意味を教えてくれた。

車は空港の敷地を抜けて、高速道路に入る。赤道の太陽光を受けたゴルフコースの鮮烈な緑が左右にあらわれる。僕はかつて、同じ景色を見ているはずだ。なのに、なぜだろう。ココナッツが整然と生えそろう鮮烈な緑の原の風景に目がうばわれる。咲き乱れるブーゲンビリアのピンクに心が躍る。目に映るすべてがあたらしく鮮やかで、既視感がまったくない。ゴルフコースを通り過ぎると、立ち並ぶ中層集合住宅が目立つようになる。建物のあわいの緑地には、マンゴーやゴムなどの照葉樹が群生していて、盛んに葉をきらめかせていた。都心に近づくと、イギリス統治時代に建てられた臙脂《えんじ》色の甍のうつくしいショップハウス建築が次々とあらわれる。英語や中国語、見慣れないタミル文字の看板が、次々と目に飛び込んでくる。

「――シンガポールは初めてかい?」

ずっと、車窓の景色を食い入るように見つめていたせいか、若干苦笑しながら運転手がバックミラー越しに声をかけてきた。

「いや、十年前……、小学生のときに来たことがあるんだけど、全然覚えていないんだ」

僕の答えを聞いた運転手は「Oh, I see, I see, lah.(そうか、そうか)」と頷いて、

「まあ、子供のころの思い出なんてそんなもんさ。シンガポールはいい街だよ。安全だしメシもうまい。まあ、警察はマフィアみたいに厳しいけどな」

と、大声で笑った。彼の英語はやはりとても訛っていて、文法もまちがいだらけだ。でも、不思議と耳ざわりがよくて、もっと話がしたくなる。車はいつのまにか中心部へと入っていて、渋滞に巻き込まれた。このころはまだ、マリーナ地区の大規模開発ははじまっていなかった。シンガポールはすでに、超高層ビルが立ち並ぶアジア屈指の世界都市となっていたけ

れど、車窓から見える赤道の空は、充分に広かった。十年前に来たときは、もっと高層ビルは少なかったはずだ。空もきっと、さらに広かったのだろう。

「我們快到了《もうつくよ》！」

運転手の声で我にかえる。タクシーは、タンジョン・パガーの宿の車寄せに向けて右折するところだった。チャイナタウンに近いエリアのせいか、付近には漢字の看板が多い。左の車窓の奥に、中国風の寺院建築が見えた。

「あのあたりがチャイナタウンだよ。あれはBuddha Tooth Relic Temple（仏牙寺）さ。仏陀《ブッダ》の歯が祀られているんだ。本物かどうかはわからんがね」

僕がしげしげと眺めていたのに気づいた運転手が、ハンドルを切りながら指差して教えてくれた。あとで散歩がてら見に行ってみよう、と思いつつ、僕はヴィトンのトートバッグから財布を取り出す。タクシーがホテルの車寄せに着くと、インド系の顔立ちのドアマンが後部座席のドアを開けてくれた。タクシーのメーター表示金額は二十二ドルだったけれど、僕はここまで連れて来てくれた話し好きな運転手に、三十ドルの現金を手渡した。おつりを出そうとする彼に、その必要はない旨をジェスチャーで伝える。運転手は目を丸くして、英語で「Thank you.」とくりかえしてのち、中国語でなにかを言った。聞き取れなかった僕は曖昧な笑顔を浮かべて、「謝謝」とつたない中国語で返事をした。

「シンガポールを楽しんで。ああ、今日はシャワーが来るから傘を忘れずにな」

「シャワー？」

「雷雨《サンダーストーム》さ。あと一時間もすれば来るだろう。海の、沖のほうが灰色だったからな」

運転手は自信満々に言って、バイバイ、と去って行った。うだるような湿気はすごいけれど、タンジョン・パガーの空は真っ青に晴れている。とても雨が降るとは思えない。

「――Check in, sir?」

大きなサムソナイトのスーツケースを転がしながら、ドアマンが声をかけてくる。僕はイエス、と答えて、導かれるままエントランスをくぐった。

舞い降りてみれば浮世は混沌と熱の渦巻く極彩の海

パスポートを呈示し、渡された用紙に必要事項の記入とサインをするだけで、チェックインは済んだ。

なんだ、こんなもんか。

あまりに呆気なくて、拍子抜けしてしまう。空港のイミグレーションに比べたら、屁でもない、と思った。僕はもう、世界中を忙《せわ》しなく飛び回る、旅慣れたビジネスマンにでもなったような心地だった。

5スターではないけれど設備が新しく、決して高くないAホテルは人気があるようで、午後三時過ぎのロビーはひとで溢れている。ヒジャブをかぶったアラブ系の女性やターバンを巻いたシク教徒の男性ビジネスマン、そして航空会社のパイロットの姿もあった。家族との旅行や、祖父の会社のホテルに泊まるときは、挨拶に出て来た総支配人のうしろについて直接部屋まで上がっていた。レセプションでチェックインをするのも初めてだけれど、こうしてロビーに集うさまざまなひとの顔や声に注意を向けるのも、やはり初めてなのだった。

渡されたカードキーを片手にエレベーターに向かう。すると、エレベーターホール手前のベルデスクに立つ男性スタッフから「Sir?」と声がかかった。僕のサムソナイトに手を添えて、首をかしげている彼は「Your room number, please?」と部屋番号を訊ねて来る。ああ、きっとあとで部屋まで荷物を運んでくれるのだろう、と思った僕は、カードキーのケースに書きつけられた数字を伝えた。するとベルスタッフは「OK.」と言ってなにかメモを取ったあと、スーツケースを手渡してきた。——ん？　思わずきょとんとした顔になってしまう。スーツケースを眺めたまま呆然とする僕に、ベルスタッフが「That baggage should be yours, correct, lah?（それはあなたの荷物ですよね？）」と訊ねる。イエス、その通り。まぎれもなく僕のサムソナイトだ。頷くと、彼は「Lifts are over there.（エレベーターはあちらですよ）」と、ロビーの奥を指し示した。ああ！　と、僕は気がついた。よく見てみれば、チェックインする客は皆、手ずから荷物を持ってエレベーターへと向かってゆく。さっき見かけたヒジャブ姿の女性客も、身の半分ほどもある大きなキャリーケースを引きずって、エレベーターに向かっている。祖父の会社や関係先のホテルでは、僕は荷物を自ら運んだことがなかった。手荷物は、あとからベルスタッフが部屋まで運んでくれていた（もちろん、5スターの一流ホテルでは、これは誰に対しても当たり前に提供されるサービスである）。ところが今回の旅では、僕が自身の荷物を運ばなくてはならないのだ、ということにやっと気づいたのだった。

ああ、自由だなあ、と思った。家の会社が経営するホテルや関連のホテルに泊まるとき、荷物を届けてくれるベルスタッフに対して、母はいつもたくさんのチップを渡していた。決して高飛車に見えないように、笑顔で、愛想よく。でも、自分でスーツケースを部屋まで運ぶなら、そんな気づかいは一切無用だ。

――福澤諭吉先生のおっしゃった独立自尊、そして自由とは、自分で考え、自分で歩く、ということです。

大学の入学式の後のガイダンスで、学部長の語った言葉が、ふいに耳底で蘇る。学部長の顔すら、よく覚えていないというのに。スーツケースを自ら持って、ホテルの部屋に向かうなんて、当たり前のことだ。でも、僕にとってはこんな些細なことでも、「自由への一歩」なのだ。

そよそよと風に尾羽根がくすぐられ思い出したり鳥となりしを

荷物を引きずりつつたどり着いた十二階の部屋は、見たところ三十平米弱でこぢんまりとしているけれど、ガラスの天板が張られたライティングデスクや、ハーマンミラーのアーロンチェア風の椅子もあって、充分に快適そうだった。ベッドもキングサイズで、一人には充分すぎるほど広い。窓辺に立ってみると、タンジョン・パガー通りを挟んだ向かい側に、中華食材を扱った大きな市場が見える。その奥には、階数を数えるのが大変なほど大きくて背の高いコンドミニアムが聳えている。タクシーの運転手が教えてくれた「仏牙寺」の屋根の唐破風《からはふ》も、右奥にちらりと見える。いままで家族と泊まって来たような豪華なスイートルームではないけれど、僕はこの部屋がたちまち気に入った。

今夜は七時から、アキや彼女の家族と一緒に、食事をすることになっている。チェックインがスムースだったので、ホテルを出る時間まで、まだかなり余裕があった。空は相変わらず雲ひとつなくて、UVカットフィルムが貼られた窓越しにも、赤道の太陽の熱が室内に伝わる。時おり窓を横切る黒い影は、黄色いくちばしのハッカチョウだろう。ハワイや台湾などの熱帯地域でよく見られる鳥だ。

散歩へと出かけるのにヴィトンのトートでは大きすぎるので、財布と煙草、そして携帯電話だけを持って、僕は部屋を出た。タクシー運転手のアドバイスは、すっかり頭から抜け落ちていた。


エントランスを出ると、Tシャツ一枚の僕のからだにうだるような湿った熱気がからみついた。空港からの道すがら通り過ぎた目抜き通りのオーチャード・ロードとちがって、タンジョン・パガー周辺の人通りは多くなく、落ち着いている。とはいえ、夕暮れ前ということもあってか、ホテルの向かいの二階建ての市場は、ずいぶんと賑わっていた。絶えず再開発が進み、世界を代表する金融センターでもあるシンガポールは、あちこちで工事が行われている。ホテルの右隣も工事中で、仮囲いに掲げられた看板には、現代的なビルの完成予想図が描かれていた。そのままタンジョン・パガー通りを北に向かって進んでゆくと、左右に白亜のショップハウス建築が現れた。ずらりと立ち並ぶ三階建のコロニアル建築群は圧巻で、いやが上にも胸が高鳴る。幼い頃に離婚して出ていった父が建築家だったせいか、僕は建築が好きだ。西洋の新古典主義と東洋の瓦葺《かわらぶ》きが見事に融合し絶妙な調和を見せるコロニアル建築には、とりわけ強く心が惹かれる。

ショップハウスの一階はバーや飲食店、あるいは美容室やネイルサロンになっていたり、とさまざまだ。ホリデーシーズンということもあって、クリスマスの装飾やイルミネーションを施した店もあり、目を楽しませてくれる。

三十度を超える猛暑のなか、ゆっくりと街歩きを楽しみながら、僕はアキの勧めに従ってタンジョン・パガーに宿を定めてよかった、とさっそく実感した。道はゆるやかにカーヴしながら下り坂になり、やがて三叉路に行きつく。左手には、さっきタクシーから見えた仏牙寺の壮麗な五層の瓦屋根が聳えている。右手には屋根付きのホーカー・センターがあって、老若男女が扇風機の当たる席に座って、軽食をつまみつつ涼をとっていた。歩き疲れたので、僕もホーカーで休憩しようと思ったとき、急に涼しい風が吹き抜けた。なんだろう、と思って立ち止まると、ついさっきまで真っ青だった空に、もくもくと灰色の雲が垂れこみはじめた。ほどなくして、雲のあわいに鋭い閃光が走り、五秒ほどしてごろごろと雷鳴がとどろいた。その音と呼応するように、道路の端々で木の実や虫をついばんでいた小鳥たちが一斉に飛び立ち、ホーカー・センターの脇に植えられた印度菩提樹の葉陰《はかげ》のなかに消えていった。複雑に絡まる幹の上に大きく広がった枝葉のなかから、ちゅんちゅんと鳥たちのさえずる声が聞こえる。まもなくして、僕の首筋に大粒の水滴が落ちてきた。からだに当たる水滴はどんどん大きく、そして多くなり、やがて周囲の音をかき消すほどの激しい驟雨《しゅうう》となった。一瞬でびしょ濡れになってしまった僕は、あわててホーカー・センターの軒下に駆け込んだ。

あるがまま思うがままと容赦なく雨滴は街と僕を浄めて

突然の驟雨を逃れ、多くのひとがホーカー・センターの軒下に集まってきた。ホテルのロビーにもさまざまなひとがいたけれど、さらに多様をきわめたひとの群れのなかに僕はいた。同じテーブルの向かいに座ったのは中華系の若いふたりの男の子だ。仲睦まじい様子で、肩を寄せ合っている。早口の中国語と英語を織り交ぜながら小声で会話を交わしたかと思うと、背が高いほうの男の子が、財布を片手に立ち上がり、屋台へと向かった。小柄なほうの男の子は、しきりに前髪をいじりながら、屋台で注文をする背の高い男の子の背中を目で追っている。

ああ、このふたりはカップルなのだ、と気がついた。アキがこの近辺にはゲイが多く集まると言っていたことを、ふいに思い出した。ほどなくして、背の高い男の子はテーブルに戻って来た。トレイの上には、ロースト・ダックと赤い叉焼《チャーシュー》の盛られたランチプレートと、スープのお椀がふたつ載っている。軒の外では、相変わらず豪雨が降り続いている。街じゅうが濡れたせいか、心持ち涼しくなって来たように感じる。男の子ふたりは、時おりなにごとかを耳元で囁きあいながら、お互いに皿の上のものを仲良く分け合っている。ロースト・ダックを頬張っていた小柄なほうの男の子がゆっくりと顔を上げたとき、僕とゆくりなく目があった。声をかけていいのかどうかわからなくて、ぎこちなく笑いかけてみると、彼もまたぎこちない笑顔を返してくれた。

「……快《クァイ》……了吧《ルァバ》」

はにかみながら話しかけてくれたけれど、中国語だったので僕にはわからない。どうやら僕は、旅行者に見えないらしい。

「ごめん、中国語はわからないんだ」

英語で返すと、彼は一瞬意外そうな顔をしたあと、

「あと十分もすれば雨が止むよ」

と、流暢な英語で言って、大柄な男の子と顔を見合わせ笑った。「どこから来たの？」という質問に、「東京だよ」と答える。「へえ、僕は行ったことないな」と大柄の子が返すと、小柄な子も「僕もだ」と言う。そんなやりとりを繰り返しているうちに、徐々に雨音が小さくなっていた。

「ね、止んだでしょ」

小柄な男の子が、得意げに言った。

「そうだね」

と肯いつつ、僕はタクシー運転手と男の子の予言の正確さに、内心で舌を巻いていた。

「こつぜんと……」

まだ水が滴っているホーカー・センターの軒先を見ていたら、ふと五音が頭に浮かんだ。歌は、僕にとってずっと、狂おしい思いやひとには言えない秘密を書き留めておくためのものだった。ところが、シンガポールの驟雨を、どうしても歌として残しておきたくなった。

僕が旅先で歌を詠んだのは、これが初めてだった。

忽然と降り忽然と止むことが必然なんて　なんて完璧

雨に濡れた舗道を、ホテルに向かってとぼとぼと歩きながら、僕は言葉にしがたいほどの充足感を味わっていた。かつてホテルのリムジンや、チャーターされた車の後部座席に座ったまま通り過ぎて来たものたちは、とてもあたたかなものたちだったのだ、と思った。

＊

アキとは、午後六時半に、中心地のオーチャードにあるMRT「サマセット」駅に隣接するショッピングモールの一階のスターバックスで待ち合わせをしていた。常ならば待ち合わせに堂々と三十分以上遅刻してゆく僕なのに、この日に限っては気分が昂揚《こうよう》していたのか、かなり早くホテルを出ることにした。

着替えのさなかに見た窓の外の風景は、もうすっかりたそがれていて、さっきまで豪雨が降っていたとは信じられないほど、空は完璧なオレンジに染まっていた。

今夜、アキの家族は会員制の高級社交クラブのなかにあるレストランに連れて行ってくれるという。さすがにTシャツにハーフパンツ、というわけにはいかないだろうから、僕は持参した黒いスキニーパンツを穿き、七分袖の白いインナーの上には、タイトなデザインの、黄色いドリス・ヴァン・ノッテンのシャツを羽織った。成田の免税店で、搭乗前にあわてて買った、アキの両親と弟への手土産を入れたら、ヴィトンのトートはけっこうな重さになった。

夢と呼ぶにはささやかなれど夢は夢だからまっすぐ駅へと向かう

「タンジョン・パガー」駅は、ホテルのすぐ裏手だった。ウィーン分離派の建築を思わせるシンプルでモダンな駅舎を入ってすぐのエスカレーターの速度に、僕はびっくりした。とにかく、速い。足の弱った老人であれば、簡単に転んでしまうほどの速さだ。東京のエスカレーターに乗り慣れている僕ですら思わず足がすくんでしまうほどなのに、ホームを目指す現地のひとびとは友達同士談笑したり、携帯電話の画面を見つめながら、すいすいと超高速のエスカレーターに乗って地下へと吸い込まれてゆく。世界各地の公共交通機関を使うようになったいまでこそ、シンガポールよりもさらに速い香港の地下鉄のエスカレーターやトロントの空港の動く歩道にも物怖じすることはなくなったが、「タンジョン・パガー」駅で初めて経験した足がもつれるほどのエスカレーターは、いまだに忘れられない。

チケットを買うのも、新鮮な体験だった。日本の小さな切符に慣れていた僕の目に、カードタイプのチケットは、とても未来的に映った。

プラスチック製のシートが並ぶ車内は、人種のるつぼだ。中国語を話す華人や、英語とタミル語を混ぜながら会話をするインド系の夫婦、スカーフに覆われた耳に携帯電話を押し当てなにかを大声で話しているマレー系の女性……。おそらく、日本人もいただろう。車両の中ほどに立ち、乗客たちの様子を眺めていた僕は、「シティー・ホール」駅での乗り換えのおり、どっと乗り込んでくる乗客の波に押されて、危うく電車から降りられなくなるところだった。

飲食物及榴槤《ドリアン》持込ハ厳罰ニ処ス。伍百弗《ドル》也。

目的地の「サマセット」の駅は、ショッピングモールとつながっている。乗り換えには多少難儀したものの、僕は待ち合わせ時間の二十分前に着いてしまった。いったん屋外に出てみると、大きな街路樹が立ち並ぶオーチャード・ロードにはとてつもない数のクリスマスイルミネーションが施されていて、光のトンネルになっていた。さまざまな色の煩が、赤や青の光に照らされ、極彩色の輝きを放ちながら、あるひとは忙しく、あるひとはのんびりと、オーチャードを行き交っている。誘蛾灯に引き寄せられる虫のように、僕もふわりとイルミネーションのなかに一歩踏み出してゆく。肩近くまで伸ばした明るいアッシュヘアも、派手なシャツも、そしてモノグラムのでっかいバッグも、誰の注目を集めることもない。

自由だ！　俺はいま、自由だ！

僕はオーチャードのど真ん中で、思わず叫びだしたくなった。

見事な枝ぶりのレインツリーの下にはゴミ箱と灰皿が置かれていて、五、六人のひとが集まって紫煙を燻らせていた。シンガポールは喫煙に対して厳格で、海外からの煙草の持ち込みには原則として百パーセントの関税が課せられる。税関で見つかれば、没収の上高い罰金を支払わなくてはならない。ただ、チャンギ空港の税関職員が見逃してくれたおかげで、僕のポケットには日本から持ち込んだマールボロ・ライト・メンソールが一箱だけあった。僕はレインツリーの下に行って、煙草に火を点ける。吐き出した煙の奥でイルミネーションがゆらめいて、ああ、きれいだなあ、と思った。

オーチャードを行き交うひとびとをぼうっとながめていると、左ポケットのなかの携帯電話がぶるっと震えた。

〈どこにいる?〉

アキからのショートメッセージだった。

〈いま、オーチャードの大きな木の下で喫煙中〉

と返信してまもなく、ドレッシーな黒いワンピース姿のアキが、ショッピングモールから出て来るのが見えた。トレードマークの金髪が、落ち着いた茶色に染め直されている。おおい、こっち、と手を振ると、気づいたアキが手を振り返し、喫煙所にやって来た。

「ダン、早くない?　よくタクシー見つかったね」

「いや、すごい行列だったから電車で来た」

僕がＭＲＴで来たのが意外だったのか、アキは「マジで?」と言って目を丸くした。

「ダンが電車乗るなんて超ウケる」

「東京ではよく乗ってるよ。海外では初めてだけど。てか何度も一緒に電車乗ってるじゃん」

日本では横浜の菊名に暮らしているアキとは、渋谷や代官山で遊んだ帰りに、よく一緒に東横線に乗って帰った。だというのに、アキにとって僕は「電車に乗らないひと」なのだ。思わず苦笑が漏れる。

「言われてみればそうだね。なんかダンが電車に乗ってるイメージないんだよね」

と、アキも苦笑しながら言った。

そろそろ行こうか、と吸っていた煙草をもみ消したとき、今度はアキの携帯電話が鳴った。「あ、母親だ」と言って、アキが電話に出る。「うん。そう、もう一緒。え、マジで?」と母親と話しながらアキは、いつものように髪の毛の先をいじっている。アキの両親が厳しい、という話は何度も聞かされていた。髪を染め直したのも、両親に会う手前、金髪ではまずい、ということなのかもしれない、と思いながら、僕は電話中のアキの横顔を見ていた。

わかった、じゃあ七時半ってことね、と言ってアキが電話を切る。

「ごめん、なんか父親の会議が長引いて、三十分遅れるんだって」

気まずそうに詫びるアキに対して、「俺は別にかまわないよ。急ぐ旅じゃないし」と答えた。

「暑いし、とりあえずモールに避難しようよ」というアキの提案に頷いて、僕たちは駅に直結するショッピングモールのなかに入った。カジュアルファッションや雑貨類の店が中心となっているショッピングモールには観光客らしいひとは少なくて、地元の若者が多かった。

「ダン、なにか見たいものある？」

というアキの問いかけに、「うーん、特にないかな」と答える。いままでの旅では、買い物にすら祖父の会社のスタッフや、現地の案内人が同行してくれていた。行くのは高級なブティックや百貨店ばかりで、地元の人が集まるリーズナブルなショッピングモールに足を踏み入れるのも、ひょっとしたら初めてかもしれなかった。お目当ての商品や店はたしかに「特にない」のだけれど、僕にはすべてが新しく、面白いものに見える。さまざまな人種の、さまざまなひとが集うショッピングモールは、ただ歩いているだけで充分に楽しかった。アキとふたり並んでエスカレーターに乗り、二階へと上がる。すると、目の前にピンクの看板を掲げた大手ＣＤショップが現れた。入り口に置かれた大型テレビには、アジア系の四人組男性アイドルグループのライブ映像が流されていた。

きっとこれは恋の歌だと異国語のとことん甘い響きに思う

「お、Ｆ４じゃん！」

アキが画面を指差して声をあげた。

「知ってるの？」

「いまめっちゃ有名だよ。まあ、日本ではまだまだこれから、って感じだけど」

アキは、ジャニーズや韓流アイドルに詳しい。画面のなかでは、飲料メーカーのＣＭソングのようなさわやかなアップテンポの曲にあわせて四人が踊っている。歌詞はさっぱり聞き取れないけれど、なにかを抱き寄せるような仕草や、情熱的な声音で、彼らが誰かへの狂おしい気持ちを歌っているのだとわかる。

「韓国人？」

と僕が問うと、アキは呆れたように嘆息して、

「ちがうよ。台湾人だよ」

と教えてくれた。注意深く耳を傾けているうちに「我《ウォ》」や「没有《メイヨウ》」など僕が大学の授業で習ったことのある中国語の単語が聞き取れた。四人それぞれ個性的な顔立ちで、魅力的だ。アップテンポの曲が終わり、短いＭＣを挟んで、今度はバラードがはじまる。長髪の、少し垂れ目のメンバーがＡメロを唄い出すと、映像のなかの観客たちが一気に盛り上がった。決してうまいわけではないけれど、彼の声はとても甘くて、僕は画面から目と耳が離せなくなった。

「――ダン。ちょっと、ダン！」

アキに肩を叩かれ、やっと我に返る。

「ああ、ごめん。なんかけっこうハマるね、彼ら」

僕が素直に言うと、アキは「でしょ！　あたしけっこう前から目つけてたんだよね」とわがことのように得意げな顔になった。

「とりあえず買ったら？　ＶＣＤなら安いし、食事のあとホテルで一緒に観ようよ」

言われるがまま、僕は画面の前に平積みになっているＶＣＤを手にとって、レジへ向かった。このときはまさか、彼らがきっかけとなり、進んで中国語を勉強して、台湾へ引っ越す

日が来るとは、ゆめゆめ思っていなかった。

さあ旅がはじまる長く果てしない行きつく先もわからぬ旅が

十、雲を掴《つか》む

〈Oh baby baby baby, my baby baby 我絶不能失去妳《僕は君を絶対に失えない》……〉

　年が明けてまもない肌寒い東京で、僕は自室に籠もり、ポータブルＣＤプレーヤーにイヤホンをつないで、甘い歌声に酔いしれていた。シンガポールのレコード店で買ったＣＤには、中国語の歌詞カードが付いていた。僕は四人が歌うのに合わせて、一音一音たしかめるように、歌詞カードの文字をたどりながら一緒に口ずさんでみる。

　大学の第二外国語は中国語を選択していたけれど、真面目に勉強に取り組んだことはなかった。朝に弱い僕は午前中に開講される授業に間に合わず、欠席するのもしょっちゅうだった。そのせいもあって、二年の春学期の必修科目の中国語は、見事に単位を落としていた。ところが、シンガポールから帰国して以来、僕の中国語学習意欲に火がついた。ろくに開いたこともなかった教科書を手に取り、寝食を惜しんで一年生の基礎から復習をはじめた。僕の感情を突き動かしていたのはほかでもない、面識もないどころか、つい二週間前までその存在すら知らなかった、台湾の男性アイドルグループ〈Ｆ４〉だ。

三次元という不気味なトンネルを抜けたる先で光れ！　わが恋

日本のコミック『花より男子』を原作としたドラマに主演していたF４は、当時中華圏において絶大な人気を誇っていた。韓流ブームの渦中にあった日本にも彼らの出演作が逆輸入され、韓流に対して〈華流〉と称し、じわじわと認知度を上げはじめていた。

子供のころから、飛行機が好きだった。地球の歴史やプレートテクトニクスについて調べるのが好きだった。さまざまなものごとに興味を持ったし、のめり込んだ。中学のころはジャニーズにもハマった。ただ、F４への思いは、憧れという熱情を超えたものがあった。

この人たちが、僕を変えてくれる。僕の夢を、叶えてくれる――。

馬鹿みたいな話だけれど、彼らの姿を見ていると、そんな予感すらするのだった。母や家の仕事の関係で、中学生になるころには、幸い英語は話すことができた。ただ、僕にはずっと、多言語話者になること――とりわけ中華圏の言語を操ることへの憧れがあった。

中学生のとき、祖父の仕事の関係で、中国雑技団の公演を観て、その後交流する機会があった。メンバーの中にいた十五歳の「花嵐《ホワラン》」という黒髪の少年に、僕はあわい憧れを抱いた。ただ、あのとき僕は中国語を一言も喋れなかったし、彼は英語を解さなかった。だから、コミュニケーションを取ることができなかった。ものすごく歯がゆかったし、悔しかったのを覚えている。初めてシンガポールへ行った小学生のときも、母の友人のジュリアが、北京語や広東語と英語を織り交ぜながら、中華料理店ですらすらと注文する姿に憧れた。同じころ、英国統治下末期の香港へ旅行したときもそうだ。あの時も、祖父の会社の手配で、現地ではすべてホテル関係者が案内をしてくれた。でも、広東語と英語を流暢《りゅうちょう》に操り、僕たち家族を案内してくれたリムジンの運転手のルースさんを、かっこいいと思った。東洋と西洋が出逢う、文化の交差点。あるいは、コスモポリス。そういう世界に対しての憧れは、幼い時分からずっと、僕の胸のなかにあった。シンガポールというコスモポリスでゆくりなく知ることとなったF4という存在は、僕の胸に根深く巣くいつつも忘れかけていた、そんな憧れを喚起してくれたのだった。

シンガポールから帰国後も、僕はたびたびアキと会っていた。彼女はいわゆる「ドルオタ」である。ジャニーズはもちろんのこと、無名の韓国アイドルや、地方のご当地アイドルにも詳しい。もちろん、F4についての知識は僕の数倍ある。

アキからもたらされた情報によれば、ドラマで主役級を演じたジェリー・イエンは苦労人だ。夜市で牡蠣オムレツを売っていたところ、類まれなルックスゆえにスカウトされ、オーディションの結果主役に抜擢されたのだという。四人のなかで唯一、高等教育を受けていない。いっぽう、グループのなかで弟のようなポジションのヴィック・チョウは、見た目も王子様さながらだ。上目遣いで、どこか母性本能をくすぐるところがある。大陸出身の父親を持つ外省人だけれど、台湾訛りの強い北京語を話す。アメリカ生まれで華僑のヴァネス・ウーは、今で言う典型的な塩顔イケメンで、ダンスと歌の技術はピカイチ。彼は母国語が英語ということもあって、海外公演のMCなどでは大活躍している。メンバーのなかで一番ぱっとしない印象で、やや小太りのケン・チュウは、台湾生まれだけれどシンガポールで育ったらしく、英語のほか広東語も操る国際派という一面も持つ。四人とも個性が強く、それぞれが抱えるファン層もまた、さまざまだった。

黒々と汗に濡れたるたくましき腕とこしえに撫でられぬ腕

僕は個性ゆたかな四人のうち、ジェリー・イエンに夢中だった。もはや恋、と呼んでもいいほど狂おしい思いを、彼に対して抱くようになっていた。夜市から芸能界に入り、スターダムへと駆け上がっていった生い立ちも魅力的だったし、色黒の長髪に、どこか大型犬を思わせるやさしい垂れ目――。彼のルックスは僕のタイプのど真ん中だった。芸能人、ましてや異国のアイドルに恋をするなんて、ひとが聞いたら嘲笑《わら》うことだろう。でも、決して手が届かないひとへの恋情、という点では、ナルミさんへの恋も、ジェリーへの恋も、僕にとっては同じだ。むしろ、テレビや雑誌のなかに住むひとへの恋は安全ですらある。彼らはアイコちゃんのように僕の隣から忽然と消えてしまうことがない。ジェリーが引退を発表したり、有名女優との結婚を発表する日も来るだろう。あるいは、死んでしまうかもしれない。――でも、彼らはちがう世界に住んでいる。現実世界ではなく、夢の世界の住人だ。ジェリーや、F4にまつわるできごとはすべて別世界の話であり、僕にとってはどこまで行っても他人事である。テレビや雑誌のなかの住人に恋をしているかぎり、自らが傷つくリスクを負うことなく、恋ならではの胸の高鳴りを味わうことができる。それに、僕はジェリーと付き合いたいとかセックスをしたいとか、そんな夢を見ているわけじゃない。彼にいつか会って、ひと言でいいから話がしたい。その日のために、中国語を話せるようになりたい。ただそれだけなのだ。

傷つかぬ恋など恋にあらざるをあわれ知らざる青年二十歳《はたち》

毎夜、歌詞カード片手にF4の歌声に耳を傾けたり、ライブDVDを観ているうちに、僕は大学で習っている中国語と、彼らの話す中国語が、微妙にちがうことに気がついた。使う漢字が簡体字と繁体字で異なることは知っていたけれど、調べてみると同じ北京語でも、中国のものと台湾のものでは、単語や発音にけっこうな差異があることがわかった。僕が中国語学習に使っていた大学の教科書はたしかにとても効率的かつシンプルで、中国語の基礎を学ぶにはうってつけだった。でも、僕はどうしてもF4と——というより、ジェリー・イェンと同じ言葉を共有したい、という強い思いに駆られた。中国経済の成長が著しく、ビジネスに携わる者の多くが中国での一攫千金を夢見ていた時代だ。都内には中国語を教えてくれる語学学校がいくつもあった。しかし、台湾人の講師が台湾風の中国語を教えてくれる学校はインターネットで検索してもなかなか見つからなかった。

僕は当時、近所のインターナショナルスクールで土曜日に開講される英語教室に通っていた。ハワイの語学学校や高校時代のイギリスへの短期留学で身につけた英語力を落としたくなかったからだ。二月半ばの土曜日の夕方、閑散としたインターナショナルスクールの廊下を教室に向かって歩いていると、ふと掲示板が目に留まった。

〈Let's Learn Chinese Together!〉

青い文字で印刷されたポスターの下には、温和そうな女性講師の写真があった。〈Betty

Tsai〉と書かれた英文名の下には、彼女の略歴が英語で記されている。そこには〈Born in Taipei, Taiwan〉という文字があった。最下段にちんまりと記されていた電話番号とメールアドレスを、僕はすぐに携帯電話に登録した。

まなうらに浮かぶ緑の島影が日毎濃くなりゆく春たのし

「ダンさんは本当に巻き舌の発音が上手ね！　でも上手すぎる。台湾では巻き舌音はそんなに使わないの。たとえばこんなふうに……」

ベティ先生のレッスンは、毎回とても熱がこもっていて、なにより密度が濃かった。中国語を学びたい、と連絡して来るひとは多いらしいけれど、わざわざ「台湾式の」という枕詞付きでコンタクトをして来たのは、僕がはじめてらしかった。台湾大学を卒業後、留学先のアメリカで出会った日本人と結婚し、二十代半ばで日本へやって来たベティ先生の日本語は、ほぼ完璧だった。すでに日本国籍を取得し、日本の外務省の嘱託として勤務した経験もあるほどだが、それでも彼女は祖国である台湾を愛してやまないひとだった。

五十分の授業中は、基本的に中国語で会話をした。でも、僕は連続して二コマ授業をお願いしていたから、合間に休憩時間が十五分ほどあった。その折に、ベティ先生はいつも台湾のことについて流暢な日本語で語って聞かせてくれた。

「わたしの母はね、日本語で教育を受けたから北京語はほとんど話せない。日本語世代、っていうやつね。だからわたしと母の会話はいつも日本語と台湾語のチャンポンなのよ」

教室に備え付けのコーヒーメーカーで淹《い》れたコーヒーを片手に語るベティ先生の話はいつも新鮮だった。僕はこのときはじめて、「台湾語」の存在を知った。

「台湾語って、北京語とは全然ちがうんですか」

「まったく別の言語ですよ。台湾語は福建の閩南語《びんなんご》とほとんど同じだけれど、日本統治時代に日本語から借用した言葉が多い。〈オートバイ〉は〈オトバイ〉、さっぱりした性格のひとは〈アサリ〉なんていうの」

「アサリ……?」

僕がきょとんとしていると、ベティ先生ははにかみながら、

「あっさり、よ」

と、教えてくれた。「あっさり」が「アサリ」、か。ベティ先生の発する「アサリ」ということばの響きがなんだかあたたかくて、そしてちょっぴりおかしくて、僕はくすりと笑った。

「でも、ダンさんが〈台灣國語《タイワングオユー》〉を勉強したい、って電話くれたときは本当にびっくりしましたよ」

紙製のコーヒーカップで手を温めながら、ベティ先生がしみじみと言う。

二〇〇四年ごろは日本の大手企業はもちろん、中小の事業者ですら、大陸の新天地を目指していた。大学の第二外国語は、中国語が圧倒的に人気だったし、中国語の能力は就職活動でもとても有利に働く時代だった。ただ、ほとんどのひとが見据えていたのは十三億人の巨大なマーケットであり、大学で教授されるのも、すべて大陸式の簡体字中国語だった。

「どうしても台湾の中国語が勉強したかったんです。だから、ベティ先生のポスターを見つ

けたときは僕こそ本当にびっくりしましたよ。まさか台湾人の先生が教えてくれる教室があるなんて思わなかったから」

緑茶のペットボトルを片手に語っていると、インターナショナルスクールの廊下でベティ先生の存在を知ったときの興奮が蘇って来るようだった。

「でも、ダンさんはなんで台湾の中国語を学びたいと思ったの？　いまはみんな大陸に行きたがるでしょう」

もうすでに三回目のレッスンだというのに、僕はベティ先生に台湾式の中国語を学ぶ動機について話していなかったのだった。

ままごとのような恋でも恋だから口説き文句をいくつか習う

僕がいつか台湾に行き、ジェリーに会ったときのために、台湾式の中国語を学びたいのだという動機を伝えても、ベティ先生は笑わなかった。最初、僕は日本でのくらしが長いベティ先生が、Ｆ４のことや、彼らの母国での人気ぶりを知らないのでは、と訝った。ところがそうではなく、ベティ先生は本気で、ジェリー・イエンと僕の「恋」を応援してくれているようだった。

「ダンさんがいつかジェリーと会うことを思うと、わたしも熱が入りますよ」

先生はわざわざ母国台湾の親戚に頼んで、台湾の小学生や中学生が使う国語の教科書まで取り寄せてくれた。

「でも先生、相手は大スターですからね。会える可能性は低いんです」

ある日の休憩時間、いつも通りコーヒーカップを傾けているベティ先生に僕が苦笑しながら言うと、彼女はなぜか自信満々の様子で「かならず会えますよ」と励ましてくれた。

「実はね、わたしの妹は台湾の大手新聞社に勤めているんです。彼女は芸能界にツテが多いんですよ。だから、いざとなったらわたしは彼女に頼み込んででも、かならずダンさんとジェリーを会わせますよ」

ベティ先生の表情は真剣だった。とはいえ相手はスーパースターだ。僕は「ありがとうございます」と答えつつも、先生の言葉を信じ切ることはできなかった。

*

「わたしの帰省に付き合いませんか」

とベティ先生から唐突に誘われたのは、ちょうど桜の蕾《つぼみ》がほころびはじめたころだった。

例年ならば春節に合わせて台湾に帰省するところ、この年に限って二月に重要な会議の通訳の仕事が入ってしまい叶わなかったらしい。そのかわり、日本人観光客で混雑する大型連休の前に、台北の郊外に暮らす年老いた母親の顔を見に行くことにしたのだという。ダンさんの語学力を試すいい機会になるかもしれませんよ、と微笑むベティ先生を前にして、僕に断る理由はなかった。大学生という身分は、ひとの一生のなかでとりわけ自由な数年間である。世間が大型連休に旅行に行くところ、僕たち大学生は授業を休んで海外に行っても問題はない。

「じゃあ、せっかくの機会なんで、お供させてもらいます。一応母にも了解取らないといけないんで、また後日ちゃんとお返事しますね」

シンガポールへの渡航も、母は快く送り出してくれた。今回の台湾旅行も、多少心配しつつも、笑顔で「いってらっしゃい」と言ってくれるはずだ。僕の言葉にベティ先生は、楽しみだわ、とはにかんだ。

「紹介したい人もたくさんいるし、妹にも会わせたい。なにより、わたしの故郷をダンさんに見てほしいですね」

「僕も楽しみです。高校生のとき、家族で一回だけ行ったことがあるんですけど……、ほとんどなにも覚えていないんです」

苦笑をまじえつつ、ベティ先生に告げる。

そう、僕は高校一年の連休に、母と兄と一緒に、三泊四日の台湾旅行に出かけたことがあった。中華料理を好きな母が、日本の中華料理では満足できなくなり、どうせなら行ったことのない台湾へ行ってみよう、ということになったのだった。とはいえ、シンガポールやハワイへの渡航と同様、あのときの台湾旅行も、すべて祖父の会社がお膳立てしてくれていたものだった。チェックインから現地での出迎え、ホテルでの諸手続きに至るまで、僕たち家族はなにもする必要がなかった。宿泊したグランド・ハイアットホテルの日本人女性スタッフが、三日三晩付きっきりで案内してくれたけれど、足裏マッサージの激痛と、高山茶の花のような甘い香り、圓山大飯店の壮麗な中国建築のほか、印象に残っているものはない。ただ、案内をしてくれた女性スタッフが、英語と中国語を巧みに使いこなす姿を見て、漠然とした あこがれを抱いたことを、なんとなく覚えているだけだった。

「台湾は日々発展していますからね。ダンさんが以前行ったときとは大違いだと思いますよ。当時は101ビルもなかったでしょう。いまでは信義区は未来都市みたいですよ」

日本国籍を取得しているとはいえ、祖国について語るベティ先生の表情からは、たしかな誇りが窺えた。


青年は探しあぐねているようだ淡桃色《うすももいろ》の船を、港を

フランス大使館で催されたガラディナーから母が帰って来たのは、深夜十一時過ぎだった。鮮やかな深緑のタフタ生地のドレスは、たしかパリで仕立てたジバンシイのものだ。母はかなり酔っているらしく、大理石張りの上がり框《かまち》に腰掛け、八センチ近いヒールの優雅なセルジオ・ロッシのシルバーのパンプスを、無造作に御影石の三和土《たたき》に脱ぎ捨てた。

「どうしたのよ、わざわざ出迎えてくれるなんて」

めずらしいじゃない、と言いながら、母はゆっくりと立ち上がり、よろよろとダイニングへ向かう。

「ちょっと相談があって」

と言う僕の声には振り向くことなく、覚束ない足取りのままオーク製のドアを開け、キッチンへと入っていった。冷蔵庫から、常に大量にストックしてある緑色のペリエの小瓶を取り出して、母はグラスに注ぐことなく、ごくごくと直接瓶から喉に流し込んだ。鮮やかなローズ色の口紅に縁取られた小さな口の端から、炭酸水のしずくがこぼれ落ち、白い首筋をつたって、ジバンシイのドレスへと垂れてゆく。でも、母は気にする様子がない。比較的アルコールに強い彼女が、ここまで酔うのはめずらしい。

仏蘭西《ふらんす》の鉱泉水がしゅわしゅわと母を月桂樹に変えてゆく

「大丈夫？　けっこう飲んだみたいだね」

背中をさすろうとした僕の手をやんわりと遮って、母は飲みかけのペリエの小瓶を黒御影石の台の上に置き、こめかみを押さえながら、ふうっ、と大きく息をついた。

「今日は少人数でね。大使夫妻と同じテーブルだったの。右隣が大使で、左隣が亡くなられた宮様の妃殿下。妃殿下、ワインがお好きでしょ。お隣になるとついつい飲み過ぎちゃうのよね」

酔ったとき、母は饒舌になる。僕が話を切り出そうとしても、なかなか口を挟ませてくれない。

「……食後はさ、いつもならカルヴァドスとシガーを楽しむ男性陣と、コーヒーとプティフールで女同士の話に花を咲かせる妃殿下のグループに分かれるんだけど。今日に限って大使が、マドモワゼルがたもたまにはこちらへ、って誘ってきたの。あたし、煙草は喫《の》みませんから、ってお断りしたんだけど。そしたら妃殿下が、今日はわたしたちも行きましょうよ、っておっしゃってね。もちろん断れないじゃない。結局、あたしも太いコイーバを頂いて、カルヴァドスと一緒に喫《す》ったのよ。だめね、煙草って。あたしにはやっぱ合わないわ。普段カルヴァドスで酔うことなんてないのに、シガーと一緒だと急に酔いが回っちゃって。あなたも早く煙草はやめなさいよ」

ダイニングのソファに深く身を沈めた母が、立板に水を流すごとく喋りつづける。不満を溢《こぼ》しながらも、声音はどことなく明るい。なんだかんだで、楽しかったのだろう。

母の言う「宮様」とは、オープンで豪放磊落《らいらく》なお人柄で知られた、さる親王さまである。「皇室のスポークスマン」を自任されていた殿下は、明るく気配りを欠かさない妃殿下を伴ってさまざまな社交場に顔を出されていた。各国の日本駐箚《ちゅうさつ》大使との付き合いが多い母も、大使館や福祉協会主催のパーティーで、両殿下とたびたびご一緒させていただいていた。僕も、母に付き従って出席した宴で、両殿下とお目にかかる機会が何度かあった。気さくで、ユーモアに富み、とにかく華のあるおふたりだった。

北米へ三年にわたって御留学なさった殿下は、現地での経験を話されることもあった。本来は二年の予定だった御留学を、父宮殿下と宮内庁に掛け合って、三年に延ばされたこと。一年目は留学先の国の良いところばかりに目がゆき、二年目は祖国の欠点ばかりに気づいてしまう。三年経ってやっと、それぞれの国の良さに気がつけるようになったこと。なにより「皇族」というあまりに重いお立場を離れ、ひとりの自立した青年としてお過ごしになった三年の日々がとても豊かであったこと——。両殿下の御前で失礼があってはいけない、という緊張感で頭がいっぱいだった僕だけれど、宮様が語っておられたお話の内容は、不思議と覚えていた。

だから、あれほどお元気で社交的で、闊達だった宮様が若くして薨去《こうきょ》されたという報に接したときは、母も僕も、言葉を失うほど驚いたものだった。


むらさきの声もて語りたまいけり楓《かえで》の甘き香りについて
「ところで話があるんだけど」

母が、ふう、と一息ついたタイミングで話を切り出す。母は気だるそうな声で、

「なに？　なんかいやな話じゃないでしょうね？」

と訝った。

「来月の半ば、台湾行ってくる」

「あら、誰と？　あんた台湾に友達なんていたっけ」

一気に喉へと流し込んだペリエのおかげか、母の口調はいつもの明瞭さを取り戻しているように感じた。台湾に行ってもいいか、と訊ねるのではなく、僕は「台湾へ行く」と断言をしていた。

「中国語のベティ先生。里帰りするから、良かったら一緒に来ないか、って」

母は、ふうん、とつぶやき、右手の真白い中指で顎をゆっくりと二度ほど撫でた。ベティ先生のところで中国語を習うつもりだ、と打ち明けたときも、母は反対しなかった。僕が子供の頃から、母の口癖は「本代と勉強代だけはケチっちゃだめ」だった。新しい物事にチャ

レンジすることに対しては、基本的に寛容なのだ。息子の性的指向に関してだけは、受け容れるのになかなか時間がかかったけれども。

「いいんじゃない？　語学力を試すいい機会よ。外務省でもお仕事しているしっかりした方なんでしょ、先生は。安心だわ。それに、若いうちにやりたいことはやって、行きたいところには行きなさい。宮様が亡くなられたあと、特にそう思うの。宮様はお立場があったから、なかなか行きたい場所にも行けなかったでしょうし、なさりたいこともなされないまま亡くなられたんじゃないかしら、って。あんたは宮様みたいな立場じゃないんだから、好きなように生きなさい。でも、将来ショウが社長になったとき、支える立場になるかもしれないんだから、会社の人たちに見られていることだけは忘れちゃだめよ」

案の定、母はすんなりと肯ってくれた。ただ、釘を刺すのも忘れなかった。

先般のシンガポールへの旅行以来、母は僕を一個の独立した人間として見てくれるようになった。いや、ナルミさんとの一件があって、思いがけぬかたちで僕のセクシュアリティが露見してしまったときから、僕の意思を尊重してくれるようになったのかもしれない。

じゃあおやすみ、と言って僕がダイニングを去ろうとしたとき、母が「あ、でもショウには相談しておきなさい」と声をかけて来た。

「……なんで？」

「ショウの大学院の同級生に、台湾の男の子がいたでしょ。一度、韓国の子と一緒にウチにも遊びに来たわよ。覚えてない？　大きな食品会社の御曹司よ、たしか」

私大の大学院でＭＢＡ取得に励んでいる兄は、たしかにアジア各国から留学に来ている同級生の話をよくしていた。とりわけ、台湾から来ている食品メーカーの御曹司と、韓国の大財閥の長男と親しくしているようだった。兄が彼を家に連れて来たとき、僕はちょうど出かけるところだったので、そそくさと挨拶だけ済まして玄関へ向かってしまった。ただ、漆黒の髪を肩ほどまで伸ばした、美しい青年の顔立ちは印象に残っている。そう、彼こそが兄がひときわ懇意にしていた台湾人留学生だ。中国語の名前はわからないけれど、兄はたしか「ウィリアム」と呼んでいたっけ。

「……思い出したかも。ロン毛の、けっこうイケメンだよね。えっと、ウィリアム？」

記憶を手繰り寄せつつ僕がつぶやくと、母は「そうそう、ウィリアムよ」と指を鳴らし、そのままソファに寝転んでしまった。几帳面で寸分ほどの隙もなく、自他ともに完璧主義者と認める母が、お気に入りのジバンシイのドレスが傷むのも気にせずに、すっかりくつろいでいる。母は、まだ酔っているのだ、と思った。

貞淑と淫靡それぞれ身のうちに隠してなんて無垢な寝姿

「彼ならおもしろい人も場所も紹介してくれるんじゃない？　あんたの憧れの、えーっと、ほら、誰だっけ。四人組の……」

「ジェリー・イエン？」

「そうそう、ジェリーね。ウィリアムなら、芸能界にもずいぶん人脈があるんじゃないかしら。彼の前の彼女、台湾では有名な女優さんなんだ、ってショウが言ってたわよ」

なるほど、母の言う通りかもしれないな、と思った。兄の通う大学院のＭＢＡコースは、アジアの富裕層の子女に人気があった。留学生の多くは、母国で有名な素封家の子息や令嬢らしい。とりわけ台湾や韓国の御曹司たちにとって日本へのＭＢＡ留学は、母国での兵役を避けるために、恰好の手段として定着しているのだという。

たしかに、ウィリアムのような大会社の御曹司ならば、芸能界との繋がりも多そうだ。しかも元カノが芸能人ならば、ジェリー・イエンとも面識がある可能性だってある。ずっと画面の向こう側の住人だと思っていたジェリー・イエンと、ひょっとしたら同じ世界の住人になれるかもしれない——。そんな根拠のない期待が、二十歳の僕の胸に芽生えた。

＊

夜の桃《タオユエン》園国際空港（当時は中正国際空港と呼ばれていた）の入国審査場には、連休前の平日だというのに、多くの日本人観光客がいた。シンガポールのイミグレーションをひとりでくぐり抜けた経験のせいか、僕はもうまったく緊張していなかった。入国書類も完璧に記入してある。ベティ先生は二日前にすでに到着しており、今日はわざわざ空港まで迎えに来てくれることになっている。僕は「自分でタクシーでホテルまで行けるから大丈夫です」と遠慮したのだけれど、先生は「誘ったのはわたしですから」と譲らなかった。結局僕は、先生の厚意に甘えることにした。台湾人にとってひとを篤くもてなすことは当たり前の慣習であり、もっとも大切な文化なのだ、と先生がレッスンの休憩時間に言っていたのを思い出した。

ウィリアムにも、兄を通じて台湾に行くことを伝えておいた。ビジネススクールのコースワークに追われている彼自身は今回同行できないけれど、代わりに親友のジェフを紹介してくれることになった。ジェフとは、滞在三日目の水曜日の夜に落ち合うことになっている。兄が言うには、ジェフもまた、台湾の大手不動産会社の御曹司で、芸能界との繋がりが多いらしい。水曜日は、夕食のあとクラブに連れて行ってくれることになっている。真新《まあたら》しい101ビルの近くに位置するクラブのVIPルームには、毎夜多くの芸能人が顔を出すのだという。もちろん、F4のメンバーも。

あこがれはあこがれのまま喉奥にそっととどめておくべきものを

「ダンさん、こっちですよ」

入国審査と手荷物の受け取りを済ませ、到着ロビーに出たとたん、ベティ先生のハスキーな声が聞こえた。あたりを見回してみても、先生の姿が見当たらない。到着出口の前は、到着客の名前の記されたボードを持ったホテルの運転手や旅行会社のスタッフでごった返しており、身長の低いベティ先生は人波に埋もれてしまっているようだ。周囲に注意を払いつつ、声の聞こえた方向を目指してきょろきょろしながら歩いていると、再び「ダンさん！」という声が左奥から聞こえた。目を凝らしてみると、ロビーに置かれた背の高い棕櫚《シュロ》の植木の横で、満面の笑みを浮かべたベティ先生が手を振っていた。

「わざわざすみません」

僕が頭を下げると、ベティ先生は、

「とんでもない！　前にも言ったでしょう。わたしたち台湾人はとにかく世話好きなんですよ」

と笑ってのち、やや演技めいた口調で「ダンさん、ようこそ台湾へ」と言った。

キャリーケースを引いてベティ先生についてゆき、ターミナルの外に出ると、四月中旬だというのに外気はむっと暑く湿っていた。携帯電話でなにやら話しているベティ先生を横目に、僕は出口の横にある喫煙所で煙草を吸った。二本目の煙草を吸い終えたところで、頃合いよく迎えの車がやって来た。シルバーのアウディのステーションワゴンの運転席から、ベティ先生とよく似た顔立ちの背の高い女性が降りて来た。

「ダンさん、她就是我妹妹啊《彼女がわたしの妹ですよ》」

ベティ先生の妹はにこやかに「你好《こんにちは》、你好。我叫《わたしは》Jennifer」と言って手を差し出して来た。僕も握手をしながら、拙い中国語で「我叫ダン。請多指教《よろしくお願いします》」と挨拶を返した。スタイリッシュな黒縁の眼鏡をかけたジェニファーさんは、ショートボブのヘアスタイルがとても似合っている。スキニーなパンツルックと相まって、いかにもメディア関係者らしい雰囲気を醸し出していた。

「お忙しいところ、すみません」

と僕がジェニファーさんに英語で伝えると、すかさず傍らのベティ先生に「ダンさん、英語じゃなくて中国語で！」と叱られた。苦笑しつつ、中国語でどうにか同じ内容を言い直した。すると今度はジェニファーさんが「Oh, your Chinese is so good!」と英語で返事をするものだから、僕は思わず吹き出してしまった。ベティ先生も、ジェニファーさんの肩を小突きつつ、笑っていた。互いが深い信頼で結ばれた姉妹の姿を見ているだけで、僕は台湾に来てよかった、と感じた。

トランクにキャリーケースを載せたあと、運転席に座ったジェニファーさんがすぐに車を発進させる。今回僕が予約したホテルは、台北東部の閑静な地区にある、比較的新しい隠れ家風のプチホテルだ。インターネットでの予約も、すんなりとうまくいった。ジェニファーさんにホテル名を伝えると、

「あそこはいいホテルよ。裏道にあるから、芸能人もよく使うの。あなた、いいセンスしてる」

と、褒めてくれた。

かつての僕なら、きっと祖父の会社のスタッフに頼って、シェラトンやハイアットに泊まっていただろう。

空港からホテルまでの、およそ一時間の道のりは、まったく飽きることがなかった。ベティ先生やジェニファーさんは、僕が窓の外の建物や風景に興味を示すたび、丁寧に説明してくれた。

ナトリウムランプのまろきオレンジが熱帯の夜を染め抜いている

〈大安路〉という縁起の良さそうな名を持つ通りにぽつんと佇むホテルには、なるほど「隠れ家」らしい趣があった。狭いけれどラグジュアリー・モダンのお手本のようなデザインのロビーには、フロントがわりの小さなライティングデスクが二つ置いてあり、チャコールグレーのスーツを纏った三十代くらいの男性スタッフと、同系色のパンツスーツ姿の若い女性スタッフが、それぞれ控えている。ベティ先生とジェニファーさんはチェックインまで付き添ってくれようとしたけれど、僕はやんわりと断った。

「じゃあダンさん、明日の夕方に会いましょう。日本では食べられない美味しい鍋をごちそうしますから。期待していいですよ！」

とびきりの笑顔を残して、ベティ先生は去って行った。僕はキャリーケースを引いてエレベーターに乗り、三階の部屋に落ち着いた。シンガポールのときと同様、ホテルでは誰に気を使う必要もない。壁際にキャリーケースを置いた僕は、きれいにベッドメイクされたふかふかのクイーンサイズベッドに飛び込んだ。窓越しに、バイクのエンジン音が聞こえてくる。今夜は予定がないから、このまま寝てしまってもいいし、インターネットで調べて、ゲイクラブに行くのもいいかもしれない。もしそこでいい男性とめぐり合ったら、彼と一緒にホテルに帰って来てもいいのだ。

――やば。すっげえ自由じゃん。

僕は思わず独り言を口にしていた。祖父の会社のホテルでもし僕が男を部屋に連れ込んだ、なんていうことがバレたら、大変なことになる。現地スタッフや秘書を通じて、すぐ母へ報告がいくことだろう。でも、白いベッドに横たわるいまの僕は、完全に自由なのだ。法律さえ破らなければ、なにをしたっていい。

そうか。旅って、こんなに自由なものなのか。

シンガポールでは、せっかくゲイタウンの近くに泊まったのに、昼間の観光やアキやアキの家族との予定が詰まっていて、結局ゲイバーやクラブには行けなかったし、「男遊び」のたぐいは一切しなかった。初めての「本当の一人旅」をこなすのに精一杯で、正直、そこまで頭が回らなかったのだ。日本のゲイ友達から聞いた話や、インターネットで事前に調べたところによると、台湾のゲイシーンで日本人はけっこうモテるらしい。

僕はベッドから起き上がり、日本から持って来た小型のノートパソコンを取り出した。窓際のデスクのケーブルのプラグを挿し込んで、さっそくインターネットに接続する。〈台湾ゲイクラブ〉と検索したら、台湾専門のゲイポータルサイトまであった。調べてみると、そう遠くない場所に、ゲイクラブが一軒ある。ホテルのメモ帳に、さっそく住所をひかえる。月曜日だから人は少ないかもしれない。でも――。

「行ってみるか」

ふたたびひとり呟いて、僕は小さなポーチに財布とパスポートを押し込んで、部屋を出た。

＊

覗きに行ったクラブは案の定ひとが少なくて、何組かの台湾人グループが集まってビールを飲んだり、気まぐれにステージに上ってカラオケを歌ったりしていた。一人客は、僕だけだったし、お客さんは短髪マッチョだらけ。ジェリーのような、ロン毛のイケメンを探したけれど、いくら店内を見回してもいなかった。場違いなことを察した僕は、バドワイザーを一杯だけ飲んでホテルに帰った。日本でも、ゲイバーやゲイクラブの客層は、タイプごとに別れていることが多い。台湾もきっとそうなのだろう。とはいえ、ひとりでタクシーに乗って拙い中国語で目的地を言い、無事に行って帰って来られただけでも、僕には充分楽しい冒険だった。結局、午前一時前にはホテルに帰り、旅の疲れもあって僕はすぐに眠ってしまった。

翌朝、起きたら午前九時を回っていた。

朝食はホテルのラウンジのブッフェで軽く済ますことも考えたけれど、せっかく台湾に来たからには、名物の屋台で朝餉《あさげ》を取りたい、と思い立ち、僕はさっとシャワーを浴びたあと、すでに気温が三十度近くに達しようとしている街へと繰り出した。

屋台を探して、付近の路地裏や、目抜き通りの忠孝東路のあたりを歩き回った。ホテルのある東區《ドンチュイ》は台北市内随一のファッショナブルな街だ。東京でたとえるとしたら銀座や南青山、大阪ならば心斎橋といったところだろうか。たしかに東區にはおしゃれなブティックやヘアサロン、テラスの付いたカフェなどが建ち並んでいた。けれども、ちょっと横道に入ってみると、日本統治時代に建てられたと思しき瓦屋根の古びた木造家屋や、こぢんまりとした廟などが点在している。

ジェリーもこのあたりで買い物をしたりするのだろうか。いや、あれほどのスターがこの街路を歩いていたら、大騒ぎになってしまうだろうか——。朝ごはんの屋台を探すべく散歩をしているというのに、僕の頭に浮かぶのは、やはりジェリー・イエンの甘い顔立ちとやさしい声だった。

ふわふわと歩きまわればふわふわと脳《なずき》に浮かぶ甘きおもかげ

夕方、ベティ先生がひとりでホテルに迎えに来てくれた。ジェニファーさんはひと足先に鍋のお店に着いていているらしい。今日は僕を歓迎するために、年老いた母親やジェニファーさんの子供たちなどもわざわざ集まってくれたのだという。

「みんな、ダンさんに会うのを楽しみにしているんですよ。母なんてね、久々に日本人と会って日本語を話せるのね、って朝からずっとゴキゲンでしたよ」

お店に向かうタクシーの車中で、ベティ先生が嬉しそうに語って聞かせてくれる。先生の母親は昭和四年うまれで、七十五歳になるという。日本統治時代に初等教育を受けたから、いまでも一番得意な言語は日本語らしい。先生はそんな話を愉しげに語ってくれるけれど、聞いている僕のほうは、日本がかつてこの島を支配していた現実を突きつけられて、にわかに複雑な気持ちになった。

時間はちょうどラッシュアワーで、道は混雑していた。とはいえまったく動かない、というほどではなく、のったりと車は進んでゆく。先生は運転手と、なにごとかを台湾語で話している。北京語ならば多少聞き取れるけれども、台湾語はさっぱりわからない。僕はひとり車窓に目を向ける。六車線はありそうな広い道の中央分離帯には、椰子の木が立ち並んでいて、夕暮れの陽光をうけた葉がきらめいていた。

日ざかりの椰子の並木に立ち尽くすそはひと待ちの異邦人、われ

レストランに着くと、最奥の円卓に座っているジェニファーさんのボブヘアが目に入った。名店らしい風格はあるけれど、古めかしさはなく、店内は明るく清潔だ。客のほとんどは地元のひとびとのようだけれど、時おり日本語の声も耳に入って来る。おそらく、日本人観光客にも知られた店なのだろう。ベティ先生と一緒に円卓に向かうと、先生の母親とジェニファーさんがわざわざ立ち上がってくれた。

「まあまあ、よく来てくれました。娘からいつも話を聞いていますよ」

七十五歳とは思えないほど黒々とした髪と上品な佇《たたず》まいが印象的な先生の母親は、日本人と比べても遜色のない流暢な日本語で歓迎の言葉をかけてくれた。

「はじめまして。ベティ先生から中国語を習っているダンです」

と挨拶を返すと、先生の母親は「ダンなんて珍しいお名前ね」と少し驚いたあと、「わたしのことはミツエと呼んで下さいな」と言った。

台湾人なのにミツエさん……？

僕の訝りを察したのだろう。ミツエさんは、

「わたしの名前はね、漢字だと〈ひかり〉に〈めぐみ〉で〈林光恵〉なの。戦争の前にね、国民学校の先生が『ミツエさん』って呼ぶようになった。だからいまでもわたしはミツエさ

んって呼ばれるのが一番しっくり来るんですよ」
と言ってはにかんだ。

罪に罪かさねし過去は思い出となりて炎暑の島で語らう

国共内戦後、蔣介石と共に台湾へ渡って来たひとびとのなかには、多くの料理人もいた。そのおかげもあって、台湾では中国各地の特色ある地方料理を出す店が多いという。今回先生たちがごちそうしてくれた中国東北部地方伝統の発酵した酸っぱい白菜の入った鍋料理は、慣れないせいか正直に言ってあまり口に合わなかった。でも、会食の時間はとても楽しいものだった。ミツエさんは日本統治時代の思い出を愉しげに語って聞かせてくれた。第二次大戦中、台湾にも数多《あまた》の米軍機が襲来し、大規模な空襲が行われた。当時台中の国民学校に通っていたミツエさんは、中部の山間部にある小さな村に疎開したという。防空壕で肩を寄せ合った日々や、宮城遥拝《きゅうじょうようはい》などの思い出を語るときも、ミツエさんは悲しさや怒りを表すことなく、ずっとにこやかだった。

ジェニファーさんとは、英語と中国語を混ぜながら、F４の話をした。ジェニファーさんは、取材で何度かF４に会ったことがあるという。ジェリーは苦労人なせいか、とりわけ腰が低く、丁寧な人物らしい。僕は冷静さを保とうと努めるのだけれど、ついつい「もっと彼の話を聞かせてください」と前のめりになってしまう。ジェニファーさんは「本当に彼が好きなのね」と笑いながら、

「今度取材で会うことがあったら必ず連絡するわ。でも日本からだと駆けつけるのは難しいかしら。あなたが台湾にいれば、いつでも会わせてあげられるのだけど」

と言った。

台湾に住む――。

なるほど、その手があったか、と思った。東京から台北までは飛行機で三時間半だ。航空券が安くなった近頃であれば、日帰りで往復することだって可能だ。あるいは、「語学留学」という理由で、一年間台湾の大学に通ってみるのもいいかもしれない。たしか、僕の通う大学は、台湾の有名大学と提携関係にあって、交換留学プログラムがあるはずだ。

ひとり、海外で暮らすこと。しかも、家や祖父の会社の影響力が及ばない国で。

それは、僕の求める「自由」の、ひとつの完成形のような気がした。

「……僕、台湾に住んでみたくなりました。本気で考えてみようかな」

僕の唐突な言葉に、ジェニファーさんとベティ先生は目を丸くし、ミツエさんは「あら、そうしたらたくさんお会いする機会ができるわね」と喜んでくれた。

愚かさが足掻《あが》きが夢が赦《ゆる》される齢《よわい》なりけん弱冠二十歳《はたち》

ベティ先生一家との会食の翌日、僕はひとりで台北101ビルの近辺を散歩していた。ウィリアムが紹介してくれたジェフとは、101ビルの斜向《はすむか》いにあるファッションビルの一階で落ち合う約束をしていた。台北市内でもっとも発展著しい信義エリアを観光したかった僕は、約束の時間より一時間ほど早く、待ち合わせ場所の近くに着いていた。午後六時に落ち合ったあとは、ジェフおすすめの上海料理のレストランで食事を済ませたのち、クラブに行くことになっている。

——三十度を超える真夏日の台北を歩き回ったせいで、すっかり汗だくになってしまった。さいわい僕は黒いVネックのTシャツに同系色のスキニーパンツという出で立ちだったから、汗染みが目立たずに済んだ。

ファッションビルの一階のエントランス横で立ち尽くしていると、目の前に目の覚めるような黄色のBMW・M3が停まった。運転席のウィンドウが開き、細面の若い男から「Hey, are you. . .Dan?」と英語で声をかけられた。僕は「Yes, I am.」と答えたあと、「Are you Jeff?」と訊き返した。彼は日本語で「そうだよ」と言って、車から降りて「よろしく、ダン」と握手を求めてきた。ジェフの運転するM3の助手席に乗り込んだ僕は、

「ジェフ、日本語できるの?」

と英語で訊ねた。ジェフは、

「俺も一年間、ウィリアムと一緒に日本の語学学校に通っていたんだよ。ウィリアムは日本でそのままMBAに行くことになって、俺は台湾に戻ることにした。まあ、もともと勉強は嫌いだからね」

と、カリフォルニア訛りの強い英語で答えた。ジェフの場合はアメリカで生まれたABC(American Born Chinese、つまりアメリカ生まれでアメリカ国籍を持つ華僑)だから兵役の義務がなく、日本に一年ほど滞在したのは、ただの好奇心と、台北アメリカン・スクール

で出会って以来の親友であるウィリアムと一緒に異国で気ままに暮らしてみたかっただけらしい。東京では、台湾の大手不動産会社の会長である父親が所有する南青山のマンションで暮らし、毎晩六本木や西麻布を飲み歩いていたのだという。いまは父親の会社に〈会長秘書〉という名目で籍を置いているものの、とりたてて仕事があるわけでもなく、出社するのは週に二三回で、悠々自適なパーティー三昧の日々を送っているそうだ。

「――着いたよ」

車中でジェフの経歴について話しているうちに、車は目的地に着いていた。エンジンも切らずに車を降りたジェフについてゆく。レストランの入り口前にいるスタッフになにごとかを告げて、ジェフが僕に「入ろうか」という。僕が「車は？」と訊ねると「ああ、台湾はバレーパーキングで代わりに車を停めて来てくれるところが多いんだよ」と答えて、そのまま重厚な黒い扉を開けた。

それぞれの胸のそこいにあるはずの鍵のことなど考えている

ジェフのおすすめだという食事は僕のなかの中華料理のイメージを覆すほどモダンで、見た目も美しかった。そんなに酒は強くないから、と告げたのに、ジェフは「だいじょうぶ、だいじょうぶ」と言ってシャトー・ムートン・ロートシルトのボトルを注文した。おそらく、一本で軽く三十万円は超えているはずだ。レストランはデザインも料理も洗練されているのに、ソムリエやワインに詳しいスタッフはいないようで、僕たちのテーブルの給仕を担当してくれたウェイターは、デキャンタージュすることもなく、無造作にゴブレットへと最上級のワインをどぼどぼと注いだ。ヴィンテージは、二〇〇〇年。ワイン好きの兄が以前、一九四五年、一九九〇年、そして直近の二〇〇〇年が二十世紀における三大グレート・ヴィンテージだと言っていたのを思い出す。真っ黒な四角い皿に立体的に盛り付けられた前菜のローストダックが出て来たタイミングで、二〇〇〇年のムートンの注がれたゴブレットに口をつけた。ワインの味についてはよくわからないけれど、最上のヴィンテージのはずのムートンは、苦味と酸味が強くて、あまり美味しいとは思えなかった。まだ飲み頃ではなかったのだろう。グラス一杯でほろ酔いになってしまった僕を見て苦笑したジェフは、ボトルの残りをほとんど一人で飲んだにもかかわらず、顔色ひとつ変えなかった。

食事を終えた僕たちは、ふたたびジェフの車に乗って101ビル方面に向かった。ジェフは一人でワイン一本近くを飲んでいるので、完全に飲酒運転だ。僕が心配しているのに気づいたのか、ジェフはハンドルを握りながら、

「台湾はそんなに厳しくないし、みんな飲んでも平気で運転しているよ。まあ俺の場合、警察のエライひともよく知ってるから、最悪捕まっても問題ないさ」

と言って、悪びれる様子もない。そういう問題じゃないだろ、と思いつつも、僕はジェフを咎めることなく、助手席のシートに深く身を沈めた。

分け合えば罪はたちまち快楽に化けていよいよ高鳴るばかり

食事に時間がかかったせいもあって、クラブに着くころには時刻は午後十時を回っていた。ジェフは車を路上に停めて、僕にも降りるように促した。目的地のクラブは、101ビルのすぐ近くにあって、エントランスにはすでに多くのひとが並んでいた。

「今日って水曜日だよね。なんでこんなに混んでるの？」

「ああ、台湾のクラブは水曜日がレディースナイトのところが多いんだ。女のコはみんなタダ。だから女にくわえてナンパ目的の男もいっぱい来るんだ」

たしかに、列に並んでいるのは女性が多いけれど、男性の姿も少なくない。むしろ、初日の夜に訪れたゲイクラブより、僕のタイプの――長髪で、いわゆるわかりやすいイケメンの男性が、たくさんいる。子供のころから列に並んだり、順番を待ったりするのが苦手な僕は、エントランス前の行列を見て、内心ため息を吐いた。

まあ、イケメン見物しながらだし。並ぶのも悪くないか――

と、数十分列に並ぶのを覚悟したのに、ジェフはというと、行列を顧みず直接エントランスに向かってゆく。エントランスの脇に控えた大柄の男性スタッフにジェフが軽く手を上げると、スタッフは慇懃《いんぎん》な様子でジェフの手の甲にスタンプを捺《お》した。次いで、僕の左手にも同じ青いスタンプが捺される。エントランスをくぐると、真っ黒な壁に覆われた狭い空間があり、その先にはグレーのカーペットが敷かれた階段があった。階段をくだってゆくジェフに僕もついてゆく。

階下に至ると、黒いジャケットの下にミニスカートを穿いた女性スタッフがひとり、小さなカウンターの横に立っていた。彼女はジェフに気づいた途端笑顔になって、そのまま僕たちをフロアへと通してくれた。台北で最先端のスポットとして知られるクラブのフロアは、シゲと足繁く通った六本木の「L」や代官山の「A」とは随分と趣が異なり、雑多な感じがなく、ライティングやしつらえ、通路に飾られた絵画に至るまで、とことんこだわり抜かれていた。月曜の夜に行ったゲイクラブの、どこかさびれた雰囲気とは正反対だ。フロアの中心にあるバーカウンターは直線と曲線が複雑に組み合わされたとても凝ったデザインになっており、壁にはレーザー光線を使ったアート作品が映し出されていた。決して広くはないフロアは、午後十時の時点ですでに多くのひとで賑わっている。しかしジェフいわく、ピークタイムは午前一時過ぎらしい。その頃にはフロアは、ラッシュアワーの日本の電車よろしく、ほとんど身動きが取れないほどになるのだという。

ジェフはフロアの人波をすいすいとかき分けながら、どんどん奥へ進んでゆく。メインフロアを抜けると、大きな磨りガラスの壁が現れた。壁には同じく磨りガラスのドアがあって、その横に屈強な男性スタッフが立っている。壁の向こう側がＶＩＰルームになっているようだ。仏頂面の男性スタッフは、ジェフの顔を見るなり笑顔になって扉を開け、僕たちふたりをあっさり中へ入れてくれた。

「ジェフ、すごいね。完全に顔パスじゃん」

僕が素直に感嘆すると、ジェフは、

「ああ、ここのオーナーは友達だし、実は俺も出資しているからね」

と、なんでもないことのように言ってのけた。

深草のなかへ分け入りゆく君の背中するどく光りていたり

ＶＩＰルームのなかには、黒いソファとガラス製のテーブルが置かれたボックス席がいくつかあって、十数人の客がいた。とはいえまだ多くの席が空いていて、各テーブルの上には空っぽのヴーヴ・クリコのシャンパンクーラーが置かれていた。客たちの多くが顔見知りらしく、ジェフがＶＩＰルームのなかを歩くと、みんなから声がかかった。ジェフが予約してくれていた僕たちの席に着こうとしたとき、後ろから「Hey, Jeffrey.」という声がした。ジェフが振り向いて「Hey, my bro.」と応じる。僕はジェフに声をかけた相手を見て、心臓が止まるかと思った。そこにいたのは、Ｆ４のメンバー、ヴァネス・ウーだった。出自のおかげもあってか、僕は日本では芸能人と出会う機会が多かった。シゲと一緒に遊び歩くようになってからは、それこそかなり名の知れたセレブリティたちとも交流して来た。けれども、これほどまでに気持ちが高まったことは一度もなかった。ジェフが話しているのは僕の恋するジェリー・イエンではなく、同じグループのメンバーであるヴァネス・ウーに過ぎない。それでもこれほどまでに胸が高鳴り、ばくばくと自身の鼓動の音が聞こえるほどなのだ。もしジェリー・イエン本人に会う日が来たら——。想像しただけで、肌が粟立った。

目を丸くしている僕の様子に気づくことなく、ジェフは当たり前のように傍らに立つ僕をヴァネスに紹介した。

「彼は日本人で、俺の友人の弟のダン。日本の大きな会社の次男だよ。ダン、彼はヴァネス。台湾では有名な芸能人だ」

もちろん知ってるよ！　と、思わず叫んでしまいそうな僕に向かってヴァネスは親しげに「Hi, Dan. Nice to see you!」と言って力強く握手をしてくれた。僕はかろうじて「Nice to see you as well, Vanness.」と返事をしたはずなのだけれど、あまりに緊張していたせいか、記憶があいまいだ。ただ、ヴァネスの手が思ったより冷たかったことだけ、なんとなく覚えている。

ジェフと僕の席は、ヴァネスとその友人たちが座る席の二つ隣だった。間の席には客がいなくて、僕はジェフと話をしながらも、ずっとヴァネスの方を見ていた。

「ダン、ヴァネスのことが気に入った？　残念ながら彼はストレートだよ。いまも有名な女優と付き合ってる」

ウィリアムから僕がゲイであることを伝え聞いていたジェフが、僕に向かって言った。

「ヴァネスも好きだけど……。俺、ジェリー・イエンのことが大好きなんだ。彼に会いたくて中国語の勉強を始めたし、彼に会うために台湾に来たかったんだ。だけどこうして同じグループのメンバーのヴァネスにマジで会えるなんて……。信じられない気持ちだよ」

思うところを正直に伝えると、ジェフは破顔一笑して、「ヘイ、ヴァネス！」と大声で二席となりのヴァネスを呼んだ。

「どうした？」

と、ヴァネスがジェフに訊ねる。ジェフはまた大きな声で、

「ダンはおまえのところのジェリーの大ファンで、ジェリーに会いたくて台湾まで来たらしいぞ！　いつか紹介してやってくれ」

とヴァネスに言った。ジェフの言葉を聞いたヴァネスが、僕たちの席にやって来た。そして、

「いつか会えるといいね。彼はいいヤツだよ」

と僕に笑いかけてくれた。

稚《おさな》くて愚かな恋路なればこそひたすら走れ　雲摑むまで

ヴァネスと出会った翌日は、ベティ先生と台北市内を観光した。有名な古刹「龍山寺」に向かうタクシーのなかで、僕は先生に前夜のできごとを報告した。僕がヴァネスに出会えたことを、先生はわがことのように喜んでくれた。

「ダンさん、それは運命かもしれませんね。きっともうすぐ、ジェリーにも会えますよ」

ベティ先生の言葉が、胸にすっと染み込んでゆく。そう、運命なのだ。きっと、これは――。

龍山寺には、有名なおみくじがある。長い竹製の棒を引いて、そこに書かれた番号の引き出しから運勢の書かれた紙を取り出す。内容は難しい漢文で書かれているので、寺に詰めているボランティアの老人のもとへ紙を持ってゆくと、おみくじの内容を説明してくれる。ベティ先生に促されておみくじを引いた僕は、さっそくおみくじ解説担当のおじいさんのいる

窓口へ紙を持って行った。窓口から顔を出したおじいさんは、紙を受け取ると「ふむふむ」とつぶやいてのち、流暢な日本語で僕に内容を説明してくれた。

「あなたの人生は、恵まれているけれど決して平坦ではないんだな。近い将来、あんたどこかに引っ越すかもしれんね。でもあんたは順応性のあるひとだから、どこへ行ったってうまいことやっていける。それから、今年のうちになにか大きな変化が訪れる。あんた、ずいぶん甘えん坊だね。親の脛《すね》をかじってんだろう。でも神様は、あんたにそろそろひとり立ちしろ、と言ってるね。まあ、あんたの人生は激動が多いが、天運にまかせておけばだいたいうまく行くと読める。だから安心してやりたいようにやりなさい。それから……」

本当は、僕の恋のゆくえと恋愛運について知りたかった。でも、老人の言葉を聞いているうちに、そんなことはぜんぶ、とても些細なことのように思えて来た。前夜、ヴァネスに会えたとき、たしかにとても興奮した。ジェリーへの憧憬を超えた思いは、相変わらず胸に滾っている。

だけど——

ぴーひょろ。ぴーひょろろ。

ああ、またトンビの鳴き声が聞こえる。ぐるぐると輪を描いて、愉しげに飛翔する茶色い翼がまなうらに浮かぶ。ざざあ、ざざあ、という波音が耳底で響いている。

僕は、やっぱり「自由」になりたいのだ。同級生の顔色や、二万人の「家族」、親子関係の葛藤。僕はずっと、誰かに嘘をついて生きてきた。自分にすら、嘘をついていた。最初、アイコちゃんとの間で共有していた「秘密」は、いまでは多くの友人や家族までが知ることになった。それでも、「秘密」は消えてくれない。日本にいる限り、この「秘密」から解き放たれることはない。そして、「秘密」から解き放たれない限り、僕は本当の「自由」を手にすることはできないのだ。

老人の語りは、まだ続いている。香炉からたなびいた線香の煙が、むわっとした風に吹かれて僕のからだを撫で、強い香りだけを残して散ってゆく。

僕は日本に帰ったらすぐに、母に台湾で暮らすつもりだと伝えよう、と決めた。

十一、たったひとりの

「――何言ってるのよ。それはさすがに駄目」

台湾へ移住したい、と切り出した僕に対して、母はにべもなかった。祖父の会社に頼らないかたちでの二度のひとり旅や、母子のあいだでの衝突や対話を通じて、僕はすっかり母から自立しつつあるのだと思い込んでいた。だから、語学留学などの適当な理由をつければ母は許してくれるはずだと、タカを括《くく》っていたのかもしれない。でも、そんな甘くはなかった。

「別に今すぐに、ってわけじゃないよ。大学でも台湾との交換留学プログラムとかやってるし、これから先英語だけじゃなくて中国語もできるようになれば、ビジネスでも強みになると思ったからで……」

なんとか説得しようと言葉をつくす僕を遮り母は、

「中国語なら大学でも勉強してるし、ベティ先生のところでも習ってるでしょ」

充分じゃない、と言い放ち、母はさっさとダイニングを去ってしまった。現地に行ってみて、やっぱり実地で身につける語学と日本の机上の語学とはちがうと気づいた、とか、将来は台湾での起業も考えたい、など、さまざまな言い分を用意していたのに、口に出すことすらできなかった。

――神様は、あんたにそろそろひとり立ちしろ、と言ってるね。

龍山寺の、老人の言葉を思い出す。

――俺は自立するんだ、って言えばいいだけじゃないか。

心のなかのもうひとりの自分が、僕を叱咤する。でも、いざ母を目の前にすると、そんなことは言えないのだった。僕にとって「母」という存在は、あまりに大きな砦だった。

つやつやと黒い光を放つまで磨き抜かれた正論が立つ

母の言うことは、常に正しかった。七歳で父と別居し、十歳で離婚が成立して以来、母の胸は、僕にとってただひとつの帰るべき場所であり続けた。反抗期は、たしかにあった。でも、母の愛を喪うことはあまりに怖ろしかったし、母に見捨てられることは――大げさかもしれないが――死に等しい、とかたく信じて生きてきた。僕は、本格的に母に抗うことがずっとできなかった。いわゆる「銀の匙」を咥えてうまれ、母の家の潤沢な資産と名声によって生かされてきたという強い自覚は常にあったし、そういう自分が母に逆らったり、あるいは母のうしろに控えている祖父の会社の従業員たちに失望をあたえてしまうようなリスクを取る勇気など到底持ち得なかった。ナルミさんから逃げるべく、代官山の八幡通りをひたすら走った夜、母には大変な心配をかけてしまった。母にセクシュアリティが露見したことで、僕はとてつもなく重い十字架を背負ったのだと感じた。それでも、僕がゲイであることを、母は受け入れた。いっぽう、そのことで、母に対して大きな借りができてしまったような苦しさもまた、僕の胸の奥底に絶えず燻りつづけた。

とこしえに強く正しくうつくしい刃《やいば》であれな　たらちねのひと

台湾への移住について具体的な計画をたてること。そして、「自由」になること――。僕にとってそれはすなわち、母と向き合うことだ。母を説得できなければ、紺碧の海を越えてジェリーの暮らす自由の島に棲むことは叶わない。もし無事に母を説得した上で、僕が台湾に移住できるのならば、それは僕にとってはじめて母から離れて暮らす時間になる。僕にとってあまりに大きな存在である母――。そんな母という最大の砦を乗り越えるために、母と僕の親子関係について（少々大げさかもしれないが）精神分析的に顧みる必要があった。

母親は子供にとって神さまである、となにかの本に書いてあった。僕にとっても同じだった。とりわけ、両親が離婚して母の家で育つようになってからは、母だけがたったひとりの親になった。母は、僕にとって一神教の神のような存在だった。

僕が中学生で煙草や酒に手を出したとき、母は思いのほか寛容だった。「人殺しや薬物に手を出すくらいならば、お酒や煙草なんてまだマシね」と、呆れてはいたけれど、怒りはしなかった。僕が家のベランダでこっそり煙草を吸っていることを知っていた母は、なにも言わずに僕の机の上に、ヘレンドの小さな灰皿を置いてくれていた。当時の僕はいわゆる反抗期のただ中にあったわけだが、尖ることしかできない不器用な息子に対して母は立ちはだかるのではなく、まずは受け入れることを選んでくれたのかもしれなかった。

無償では愛はあり得ず少年の頭で角《つの》が疼いているよ

子供のころから、遠足や集団行動が大の苦手だった。合宿や林間学校で数日間母のもとを離れるときのさびしさと辛さは、名状しがたいものがあった。見回りの先生の目を盗み、はやりのゲームやアニメ、あるいはクラスのかわいい女の子の話題に興じる同級生たちのかたわらで、僕は布団をかぶって狸寝入りをしながら、ずっと家のこと——いや、母のことを考えていた。厳しいけれど寛容で、常に僕のことを考えてくれる母の胸は、僕にとって永遠に帰るべき場所だと思っていた。僕のわがままを許容し、喫煙や飲酒を一方的に咎めることもなく、セクシュアリティも受容してくれた母は、僕に自由を授けてくれるひとなのだと信じて疑わなかった。だから、いつも母が恋しかった。

愛という文字《もんじ》を額《ぬか》に掲げたるフリッカの目に雲が湧き立つ

祖父の経済力のおかげもあって、母子家庭とはいえ経済的にはすこぶる恵まれていた。母は僕たち兄弟に一度たりともひもじい思いをさせたことはないし、やりたいことに対してはいつでも応援してくれた。僕はそんな母の海容の精神に対して、感謝とともに、畏れにも近い思いを抱いていた。

——ダンのところはいいよな、自由だから。

級友からたびたび言われた言葉だ。いわゆる良家の子女が多い学校で、青春時代を過ごした。厳しい両親のもとで育てられた友達からしたら、僕の家の教育はずいぶんな放任主義に映ったことだろう。そして僕自身もまた、自らが自由であると思っていた。母は、僕に翼を授けてくれる存在だ、と。

でも、母とのハワイへの「出張」で、僕は自分が決して自由ではないことを思い知った。それだけじゃない。考えてみれば、母は僕に翼を授けつつも、足紐《リーシュ》を外すことは決してなかったのだ。母は鷹匠であり、僕は母にリーシュを握られたまま、飛び去っては戻ることを繰り返す、稚い鷹（いや、トンビのヒナ、だろうか）だった。そしてリーシュで僕の足をくくり、決して手放さないことこそ、青春期の僕に対する母の愛情だったのだと思う。

状況は異なれど、アイコちゃんの足にもまた、リーシュが巻かれていたのかもしれない。アイコちゃんも僕も、本能的にわかっていたのだ。自分の足にゆるく巻かれた、リーシュの感触を。

僕はずっと、足輪を外してくれる人を探していた。いつか出逢う恋人が、僕の足首に巻かれたリーシュに気づき、外してくれるのだ、と思ってきた。そんなひとに出逢うことばかりを夢見てきた。

アイコちゃんはきっと、僕にリーシュを外してもらいたかったのだろう。でも、十八歳の不甲斐ない僕は、それができないどころか、アイコちゃんの細く白い足首に巻かれたリーシュの存在にすら、気づかなかったのだ。だから、アイコちゃんは自らの手で――それも、もっとも究極的な手段で――リーシュをぶった切ったのだ。

高空を舞い翔ぶ君の桃色の翼がやっと見えた気がする

僕も、いよいよリーシュを断ち切らねばならない。しかし、アイコちゃんとは違うやり方で。それこそが、アイコちゃんに対してできる唯一の弔いなのだ、と僕は信じた。

＊

「ちょっと！　あんたたち、これ見て」

昼近くまで眠っていた僕は、金切り声に叩き起こされた。自室で勉強をしていたらしい兄の「なんだよ」という声が聞こえ、僕もベッドから身を起こして部屋の外へと顔を出した。すると、経済新聞を握りしめた母が、険しい顔で螺旋階段のあるホールに立っていた。

「どうしたの？」

と問いかける僕の眼前に、母は経済新聞の一面を突きつけた。

〈欧州系ファンド、K社を買収の公算〉

兄も僕も、言葉が出なかった。呆然としている僕をよそに、兄は母の手から新聞を奪い取ると、真剣な面持ちで一面の記事に目を通しはじめた。新聞を持つ兄の手は、こころもち震えているように見えた。

「……ありえない。そもそも銀行が納得しないだろ」

そう吐き捨てて兄は、新聞を僕の手に押し付けて自室にこもってしまった。母は螺旋階段の金色の手すりに凭れかかり、頭を抱えている。兄の手汗で少し湿っている新聞の活字を、僕もゆっくりと追い始めた。

青天の霹靂というほどもなくすとんと胸に落ちる現実

改革を旗印に総裁選に出馬し、国民から熱狂的な支持を受け当選した宰相は、不良債権処理こそが日本経済復活のための肝である、と謳っていた。たしかに、「失われた十年」のただ中にあった当時の日本では、すでにいくつかの銀行や証券会社が破綻し、取り付けさわぎも起きていた。宰相は名うての経済学者である大学教授を金融担当相として民間から入閣させ、日本経済の抜本的改革を志向した。新・金融担当相が進める不良債権処理の一環として、僕の一族が経営する会社のメインバンクも、標的になった。メインバンクにとってかなりの大口融資先だった祖父の会社の債権は、どうやら不良債権と看做されたらしい。メインバンクは、債権をヨーロッパの外資系ファンドに売却すべく検討し、僕の家族が所有している株式のほとんどは無償で減資される公算が高い、と新聞記事は報じていた。

まったく、寝耳に水の話だった。

まがりなりにも経済学部に在学していたから、当時の日本経済の苦境は僕なりに理解していたつもりだった。しかし、わが家の家業の経営については盤石だと信じていたし、大伯父が創業し、後を継いだ祖父が育ててきた大切な家業が人手にわたることなど、想像したことすらなかった。祖父の亡き後、経営を担ってくれていた祖父の腹心だった人物からも、会社がそのような窮地に陥っていることなど、まったく知らされていなかった。

「――ああ、もうどうしよう。いったいどうなってんのかしら」

常に凛として、堂々としている母が、明らかにうろたえていた。祖父の亡き後、わが家の大黒柱の役目を果たして来た母が動揺する姿を目にしたのは、それこそ祖父の今際《いまわ》のきわ以来のことかもしれなかった。

「まさか、銀行だってこれだけの長い付き合いだし、ウチを裏切るようなことはしないんじゃないかな」

母を、そして自分自身を安心させようと、楽観的な見通しを口にしてみるけれど、どうしても声が震えてしまう。さまざまな企業が不良債権処理の名の下に解体や売却に追い込まれているのを日々ニュースで目にしていたし、祖父の会社がそうした事態から無縁である保証など、なにもなかった。ただ、経営を一任していた亡き祖父の腹心だった人物に対しては、僕たち家族は心からの信頼を置いていた。もし会社に一大事があるようであれば、彼から必ず報告があるだろうと信じていた。

「Fさんからも、なにも言われていないもの。たぶん大丈夫よね」

母も同じ考えのようだった。まるで自分自身に言い聞かせるように、「うん、大丈夫よ、きっと」とくり返していた。そんな母を前にして、僕は台湾への移住のことなど、もう口に出せそうにないな、と思った。むしろ、僕の足にくくり付けられているリーシュの強靱さを、かえって思い知ることになった。

わがことは二の次、三の次なれど自由な空を夢見てしまう

新聞報道が出たあとも、経営を任せているFさんや会社からは、しばらくなんの音沙汰もなかった。祖父の秘書だったひとに母が電話で問い合わせたけれども「お嬢様のご心配には及びません」ときっぱり言い切られてしまったらしい。

オランダ人のファンドの代表が、国際法務の専門家だという日本人弁護士を伴ってわが家を訪れたのは、新聞に記事が載ってから二ヶ月ほどが経った秋口のことだった。見るからに上等なテーラードのスーツを纏った代表は、おそらく三十代半ばだというのに、その立ち居振る舞いはとても堂々としていて、全身に活力が漲っていた。

「お会いできて光栄です」

と、流暢な英語で切り出すと、彼は母に大きな手を差し出した。声は、堂々たる体軀と態度に似合う、自信に充ちたバリトンボイスだった。

「こちらこそ。ただ突然のことで、少し戸惑っています」

母もまったく臆した様子はなく、優雅に彼の手を握りかえし、丁寧かつ正確な英語で率直な気持ちを伝えていた。二日前に突如伝えられたこの日の来訪のために、兄は大学院を、僕は大学を休んで立ち会った。祖父の残した株式を相続していた僕たちもまた株主という立場なので、この問題の当事者なのだ。

「こちらが長男のショウで、そちらは次男のダンです」

と、母が僕たち兄弟を紹介する。

「どうも。今日のお話の目的はわかりませんが、株主として同席させていただきます」

慇懃《いんぎん》に挨拶しつつも、代表の顔を見据える兄の眼光は鋭かった。将来会社を継ぐつもりでいる兄にとって、この交渉は人生を左右する大切なものになる可能性が高い。決して負けてはならない、という決意が伝わってくる。

「こんな大きなお子さんがいるなんて、信じられません。噂通り、本当に若くてお美しいレディだ」

歯の浮くような言葉だと思ったけれど、母を見つめる代表の顔を窺っていると、あながちお世辞でもなさそうだ。

「次男のダンです。僕も兄と同じ立場ですので、今日は一緒にお話を聞かせていただきます」

「あなたはお兄さんとはずいぶん雰囲気が違いますね」と言って差し出された代表の手は本当に大きくて分厚く、握手も力強かった。もし彼が交渉相手のファンドの代表というポジションになければ、頼りがいのある手だ、と感じていたかもしれない。


ずずいっと差し出されたる仙人掌《てのひら》をぐわっと握って試合開始だ

「……F社長にはすでにお話ししましたが、改めて率直に言います。皆様方がお持ちのK社の株式を我々へ無償譲渡していただきたい。F社長は、あなた方であればご同意になるはずだ、とおっしゃっていましたが」

決して早口ではないが、代表の四角四面な英語は寸分の狂いもなく流暢で、有無を言わせぬ雰囲気があった。

「残念ながら、わたくしたちはFからはなにも聞かされていません。このような大きな話になるとは正直想像もしておりませんでした。ですので、至急わたくしたちも代理人弁護士と相談した上で、お返事をいたしたく思いますが、いかがでしょう」

母も負けず劣らず、堂々と切り返す。代表の横に控えた日本人弁護士はまるで銅像のように動かず、静かにことのなりゆきを見守っている。

「なるほど。そちらも代理人を付けられるということですね。わかりました。しかし、K社の状況からして、時間はあまりありません。早めにお願いしたい」

「As soon as possible.」と強調する代表の口調は、笑顔とは裏腹にかなり険しいものだった。

「時間がない、とはどういうことでしょう。少なくとも我々はミスターFからはなにも聞かされていませんし、株主総会の招集通知すら受け取っていません。それにわれわれの会社は債務超過ではないはずです。その株式を無償譲渡するなんて会社法上も問題が……」

大学院で経営学を学んでいる兄は、日本の会社法も引き合いに出しつつ、代表に向かって長広舌をふるった。一介の大学生に過ぎない僕が出る幕は、どうやらなさそうだった。

「Anyway!（とにかく）」と大きな声で兄の話を遮った代表は、

「一週間以内にお返事をいただかない限り、こちらとしては訴訟を提起せざるをえなくなるかもしれない。代理人を付けるなら早めにしていただきたい」

と早口でまくし立てて、応接間の革製のソファから腰を上げた。家政婦の出したコーヒーは一切手を付けられぬままで、カップの中の表面には薄い油膜が浮かんでいた。

ブロンドの嵐が去って初秋の午後はのったりのたりはじまる

「……結局、どういうことなのかしらね」

代表と対峙していたときの堂々とした様子と打って変わって、母は不安そうな表情を浮かべた。

「ウチは債務超過なわけでもないし、どう考えても株式を無償譲渡しろなんておかしいよ。通るわけがないさ」

兄は平静を装っていたけれど、その瞳は泳いでいた。僕たち家族が必死にシミュレートしてきた楽観的なシナリオが、代表との面会で一気に打ち砕かれたような気分だった。

*

「恐れ入りますがお嬢様、この件はちょっと承りかねます」

翌日、さっそく顧問弁護士に来てもらった。祖父の時代からわが家の顧問を務めてくれている老先生で、父と母の離婚調停の際にも力になってくれた人物だ。応接間の赤い革張りのソファにちんまりと座った彼は、母が案件を口にするなり、気まずそうに目をそらして、依頼を断った。

「どういうことですか、先生」

身を乗り出した母が口を開くより先に、兄が強い口調で問い詰めた。

「利益相反といいますか……。申し上げにくいのですが、本件につきましては私《わたくし》、K社の顧問という立場から、F社長の代理人団にも名を連ねておりまして。お嬢様やショウさんダンさんの代理人と兼ねることはできないのです」

古希を過ぎているはずの老先生は、伏目がちにぽつぽつと説明をした。

「利益相反って……。そもそも対ファンドという点では、わたしたちとFさんでは同じ立場じゃありませんか。利益相反にはならないじゃない」

母が強い口調で言う。たしかに、そのとおりだ。対銀行でも、対ファンドでも、僕たち支配株主の信任を得て経営を担っているFさんと僕たちのあいだで利益相反関係になるとは、いったいどういうことだろう。むしろ、共闘関係にあるはずだ。

「いえ、それが、あの……。F社長は今回ファンドへの売却に前向きでいらっしゃいまして。皆様方に株を手放していただき、欧州のファンドとともに、いわゆるコーポレート・ガバナンスのしっかりとした、近代的な企業に生まれ変わるチャンスとしたいということで、つきましては……」

「もう結構。先生、お引取りください」

老先生の長広舌をぴしゃりと遮って、母はしゅっとソファから立ち上がった。老先生は、はあ、お力になれず云々、となにごとかをぼそぼそつぶやいていたけれど、母はもう返事をしなかった。家政婦に「先生をお送りして」と言いつけ、一度も振り返ることなく、赤い絨毯の敷かれた螺旋階段を上がっていった。兄は応接間のソファに座ったまま、大きくため息を吐いて「そういうことか……」と悔しげに吐き出した。僕は母を追って螺旋階段を上がろうとしたけれど、なんとなく気後れしてしまって、結局兄の隣に腰掛けて、一緒にうつむいた。兄弟が並びうつむいたところで何が解決するわけではないけれど、それ以外にどうするべきなのか、まったく見当がつかなかった。

金色の手すり渦巻くゆうぐれに似合わぬレール・デュ・タンの匂い

僕が子供のころ、母の首筋や手首からは、いつもほのかに香水の匂いがした。ニナ・リッチのレール・デュ・タン。濃厚すぎず、かと言って淡白でもない、程よい甘さの香りが好きだった。なにより、ボトルの美しさに魅了されていた。小学校低学年のときの僕は、母の部屋にたびたび忍び込んでは、白い鏡台の上に置かれた小さなボトルを飽かずにながめていた。繊細な鳩のかたちのボトルキャップを外し、こっそり自分の手首につけてみたりした。自室に戻ってベッドの上で、手首の匂いを楽しんだ。だけど、いつからだろう、母は香水をつけなくなった。宝石や、アクセサリーのたぐいも、ほとんど身に着けなくなった。

――アクセサリーとか香水をごたごたつけるひとはね、自分に自信がないのよ、きっと。

母がこんなことを言うようになったのは、たしか祖父が他界したころからだったような気がする。母は自他ともに認めるファザコンだった。祖父の葬儀の際、火葬場で泣き崩れる母の姿が、ずっとまなうらに焼き付いて離れない。祖父亡き後も、僕たち家族には祖父の会社という後ろ盾があったし、祖父の会社の人々に助けられながら生きて来た。でも、祖父の存命中に比べれば、母も僕も、自立するようになっていた。会社に余計な手間をかけさせるのは悪いから、と母は国内の移動やホテルの予約などを自分でこなすようになっていたし、パリやウィーンの社交界でも、独自の人脈を築いて、自らの生きる場所を切り開くようになっていた。そして気づけば、香水やアクセサリーをつけなくなっていた。ウィーンの舞踏会や、パリで開かれるパーティーにも、母はシンプルなタフタ生地のドレスとピンヒールだけを身に着けて、颯爽と出かけるようになっていた。

母の足首にも、足紐が巻かれていたのかもしれない――。

母は祖父の一人娘であり「お嬢様」として大切にされてきた。その分、自らが背負っているものの重さを充分に知っていた。祖父の娘として、K社の「お嬢様」として、決して恥ずかしくないように。なにより、心から愛する祖父を、絶対に困らせないように。

母はそんな思いを胸に、五十年以上生きてきたのだろうか。父との離婚について悩んでいたころ、祖父は母に「いつでも戻って来い！」と力強く言ったらしい。僕のセクシュアリティを受け入れてくれた母に対して、僕が感謝とともに若干の罪悪感を抱いてきたように、母もまた、大きな胸で娘を再び迎え入れてくれた祖父に対して、大きな感謝と、若干の罪悪感を感じていたのだろうか。

父と結婚していたときも、もちろん母は祖父のことも僕たち兄弟のことも、とても大切にしていた。でも、離婚してからは、僕たちふたりの息子と祖父に、それこそ全身全霊で、愛を注ぐようになった。祖父の腹心（もちろんFさんも、だ）や、秘書、運転手、そしてその家族にまで、母は心を尽くした。祖父が大病を患ったときは、片時も離れることなく寄り添った。

祖父が他界したとき、僕は初めて母が泣き崩れる姿を見た。あのときの母は、僕たちふたりの息子の母ではなく、完全に、祖父の一人娘に還っていた。ショックだった。でも、そんな母がたまらなく愛しい、とも思った。

母はいま母にはあらず　ひとり娘《ご》のチャコちゃんとして泣き崩れおり

祖父の葬儀はとても大規模だった。密葬には二五〇〇人、K社の社葬には三五〇〇人の会葬者が来てくれたけれど、そのひとりひとりに、母は向き合った。すでに高齢だった祖母に代わって喪主をつとめた母の立派な喪主挨拶は、会葬者の涙を誘っていた。

葬儀や四十九日の納骨が終わったとき、母は抜け殻のようだった。僕は、とても心配だった。でも、納骨が済んでひと月ほどが過ぎると、母はもうだいじょうぶだった。だいじょうぶどころじゃない。以前よりもますます凛として、強く、美しく生まれ変わったように見えた。

樹のごとく生きるひとなり夕映えの色の首すじ凜と立たせて

あのとき母の足首のリーシュが外れたのだ。

＊

幾年《いくとせ》も仕舞われていし透きとおるガラスの鳩がきょうは羽ばたく

Ｆさんに呼ばれて京橋の本社ビルへ向かうに当たって、会社はハイヤーを差し回してくれた。必修科目の中間テストがあった僕は母に付き添わないこととなり、Ｆさんとの面会には母と兄だけが赴くことになった。それに、僕が行ったところで役に立てないのは自明のことだった。

「じゃあ、行ってくるわね」

母は大理石張りの壁に手をついて、三和土に揃えて置かれたセルジオ・ロッシのシルバーのヒールに足を差し入れた。纏っているのは、何年か前にパリで仕立てた、シンプルなヴァレンチノのロイヤルブルーのスーツだ。あいかわらず、アクセサリーは身に着けていない。だけど、玄関を出てゆく母の首筋のあたりから、ほわっと甘い匂いがただよった。レール・デュ・タンだ。もう何年も、つけていなかったのに。

ショウ、早くしなさい、と玄関先で兄を呼ぶ母の立ち姿は凜としていたけれど、ひょっとしたら不安なのかもしれない、と思った。だって、あんなに頑なにつけることのなかったレール・デュ・タンを、この日に限ってつけていたのだから。

「いってらっしゃい」

精一杯の笑顔で母と兄を見据える。

「まあ、どうなるかわからないけど。でも、あたしたちは大丈夫よ、絶対」

覚悟を決めたような硬い声でそう言って、母と兄は出かけて行った。顔なじみのハイヤーの運転手が、玄関先に立つ僕に気づいて、ぺこりと頭を下げた。


母たちが出かけてから一時間ほど経って、僕も家を出た。最晩年の祖父が、教習所に通う僕のために買ってくれたBMWのX5のハンドルを握り、通い慣れた川沿いの道を、大学に向かって走った。カー・ステレオからはF4のバラードが流れていたけれど、全然耳に入って来なかった。ジェリーの甘い歌声は、これからの生活や未来への漠然とした不安を消し去ってくれそうになかった。リアルな体温。僕のとなりにいて、不安や迷いを分かち合える人。ぐらぐらで、不確かな未来を、共に歩んでくれる人——。この時僕は、そういう存在を心から欲していた。

大学の前のコインパーキングに車を停めて、正門をくぐる。銀杏並木の坂道を歩いていると、同級生たちが声をかけてくる。同じ経済学部の友達から「ダン、勉強した?」と問われて、僕はやっと今日がテストの日だと思い出したほどだった。

あ、関数電卓。忘れた、かも。

やべ、と僕はひとりつぶやいて、モノグラムのでっかいトートバッグのなかを覗き込む。統計学のテストに、関数電卓は必須だ。ところが、灰色の関数電卓は、バッグのなかに入っていなかった。やれやれ、とひとりごちつつ、僕はそれでもテストが行われる小教室のある校舎に向かった。

「ダン、おつかれー」と声をかけてくれる同級生たちに「おう」と片手を上げて挨拶を返す。みんなの机の上には、ちゃんと関数電卓が準備されている。

「あれ、どしたの、ダンさん。今日元気ないじゃん」

隣の席に座るクラスで一番にぎやかでお調子者のユータが、ちゃちゃを入れて来る。家で色々とごたごたがあって、挙げ句関数電卓を忘れて……、と説明しようとしたけれど、ここ数日のあいだに起こったさまざまなことの背景まで語るのはひどく億劫で、思わず不機嫌な声で「いや、なんでもねーよ」と返事をしてしまった。

そうこうしているうちに、顎ひげを蓄えた、若い統計学の専任講師が教室に入って来た。少人数の、しかも中間テストなので、試験監督はいない。

「はい、じゃあ今日は予告どおり、中間テストです。持ち込みできるのは、関数電卓のみですから、ほかのものはしまってください」

という講師の機械的な声に、みんな黙々と机の上を片付けはじめた。予鈴が鳴るとともに、講師が問題用紙と解答用紙を配りはじめる。「はい、ダンさん」と解答用紙を渡してくれたユータが「あれ？　ダンさん、関数電卓は？」と大きな声で言った。

ああ、めんどくせえ。それどころじゃないんだって、俺は！

大声で叫びたかった。

――え、ダン、関数電卓忘れたの？

――まじかよー。他のクラスのやつに借りてくれればよかったじゃん！

教室内がざわめきはじめる。

「オサノ君、今日のテストは関数電卓ないときついと思うけれど、忘れたんですか？」

僕の机の横に立った講師が、無表情で訊ねて来る。

ああ、そうだよ。忘れたよ。あんたみたいな、ふつーの家で育ったふつーの人にはわかんねーような色々があって、ここんところ頭んなかがずっと真っ白で、今日がテストなことを思い出したのもついさっきですよ。んで、見事に関数電卓を忘れました。それがなにか？

……と、まくしたてるような勇気は僕にはなかった。

「……このテスト、落としたら単位厳しめすか」

ダメ元で訊いてみる。

「以前授業でも言った通り、僕の評価方針は中間テスト四割、期末テスト四割、出席二割なので、期末で満点くらい取ってもらわないと難しいですかねえ。君の場合、出席もあまりしてないしねえ」

講師の嫌味な物言いに、耐えられなくなった。

「そうすか。じゃあ来年再履修でいいっす。帰りますね」

と言って僕は、白紙の解答用紙をそのまま講師に突き返して、バッグを持って教室の出口に向かった。

「え、諦めちゃうの？」

うるせえ。まじ、うるせえ。

見た目が派手で、しかも真面目に学校に通っていなかった僕は、統計学の講師をはじめ、大学の教員陣には決して好かれてはいなかった。生来朝が弱いから、午前中に開講される統計学の出席率は、半分を切っていた。それを知ってのうえでの、講師の小馬鹿にしたような口調に、僕は心底苛立った。

「諦めるもなにも、難しいって言ったの、先生でしょ。じゃ、帰ります」

僕はそのまま教室を出た。「マジ!?　ダンさん、マジで帰んの!?」というユータの喧《やかま》しい声が教室から聞こえる。ああ、もう。だからうるせえよ、みんな。もう放っておいてくれ――。

もう全部どうでもいいと吐き出せばやけに清々しい秋の空

授業中ということもあって人気のない銀杏並木を、さっきとは逆に下ってゆく。いま頃母と兄は、京橋の本社の社長室で、Ｆさんと対峙しているのだろう。母は「大丈夫」と言っていたし、兄も付き添っている。先日の弁護士の話から推測すれば、きっと今日の話し合いは相当厳しいものになるのだろう。

十月とはいえ、温暖化のせいか、キャンパスの銀杏の葉はまだ青々としている。でも、二週間前、最後に登校したときよりは、空気が幾分ひんやりとしている。統計学は本来二年生の必修科目だ。でも、ほかの科目が取れていれば、翌年以後再履修すればいい。ただ、僕の場合はとにかく遊んでばかりいたから、春学期のテスト結果はかなりギリギリだった。

この分だと、留年するかもしれない。いや、九割がた、留年することになる。でも、それでいいと思った。むしろ、気分がよかった。留年が決まったら、母からは怒られるだろう。兄からは嗤《わら》われるに決まってる。でも、もうそれでいい。

オサノ家の息子だから。K社の御曹司だから。母を怒らせないように。祖父を悲しませないように……。

さまざまな理由をつけて、僕は嘘をつきつづけた。ゲイだなんて、絶対にバレちゃいけないと信じてきた。留年なんて、もってのほかだ。

でも、僕の人生は誰かのためにあるんじゃない。僕は、どうあがいたって、僕にしかなれない。僕は僕の人生を生きるしかない。

幼稚園のとき、僕は隣のクラスのユキエちゃんが好きだと思っていた。でも、いま思えば、僕が見つめていたのは、ユキエちゃんといつも一緒に遊んでいたケントくんだった。ケントくんはかけっこが速くて、優しくて、かっこよかった。ケントくんの家に遊びにいったときは、ユキエちゃんも一緒だった。でも僕は、ユキエちゃんがいなければいいのに、と思っていた。そのことを、誰にも言えなかった。

小学校では、六年間同じクラスだったユウコちゃんが好きだ、と公言していた。でも本当は、クラスで一番字が綺麗で、繊細で、頭のよかったカズヤのことばかり気になっていた。カズヤにあこがれて、カズヤみたいな綺麗な字が書けるように、毎日練習した。母は一生懸命書き取りの練習をする僕を見て嬉しそうだった。でも、僕ががんばっていた動機は、カズヤだ。カズヤに近づきたくて、カズヤのようになりたい、という一心だった。そしてできれば、カズヤに僕を見てもらいたかった。

中学に上がってＢＬマンガに巡り合ってからは、ＢＬマンガのような恋ができると信じていた。インターネットで出会ったお兄さんと、気持ちのいいセックスができるはずだった。でも、僕は逃げ出した。

ハヤトは、いま頃どうしているんだろう。高校の廊下で紹介されたあの彼女とは、とっくに別れて、きっと新しいかわいい彼女がいるはずだ。

そして――。

天国にいるアイコちゃんは、いまの僕を見て微笑んでくれているだろうか。それとも、呆れている？

幼少期に両親が離婚していなかったら、僕はゲイにならなかったかもしれない、と思ったこともあった。ゲイとして生きるのならば、せめて普通の家で育ちたかった、なんて考えたこともある。祖父の会社で働くひとびとの目や、世間の目さえなければ、僕はもっともっと自由に羽ばたけたんじゃないか。家族や会社のひとに迷惑をかけるのが怖くて、新宿二丁目では偽名を使っていた。インターネットの出会い系掲示板で知り合ったひとにも、決して本名を明かすことはなかった。ケイスケ、ジュン、ジン……。色々な名前を使って、色々なひとに会った。くりかえし会い、からだを重ね、付き合う寸前までいったひとも何人かいる。でも、誰に対しても、僕は「ダン」にはなれなかった。「ダン」として向き合えない僕の罪悪感と、ほんとうのことを口にしない僕に対する相手の不信感の応酬の果てに、関係が途絶えてしまうのが常だった。でも、それは誰のせいでもない。ただ、僕が臆病で、ビビっていただけなのだ。男しか好きになれない〈本当の自分〉と向き合うのが怖いから、ずっと嘘をつきつづけたのだ。そして、僕のついた嘘が、自分も、他人も、傷つけてきた。


あなたは恵まれている。

周りに感謝しなきゃいけないよ。

うらやましいな。

君は特別な家の子なんだから——


いい加減にしろ！　ふざけんじゃねえ！


車の運転席で、僕は叫んだ。

誰かに対してじゃない。他でもない、自分に対してだ。

もう、誰かのせいにするのはやめろ。周りの声なんて、聞くな。おまえはオサノ家の次男でもなく、「お金持ちのダンくん」でもない。おまえは、ただの〈ダン〉なんだよ。

はじめからたったひとりの僕でした　我とひとしき人しなければ

……。

爆音でＦ４のアルバムを流しながら、川沿いの通りを家に向かって走った。行きとちがって、Ｆ４の歌はどれも鮮やかに耳に入って来た。うろ覚えの中国語の歌詞を、一緒に口ずさんだ。なんとなく、そのまま家に帰りたくなくて、二子玉川の橋を通って神奈川県側に渡り、反対側の川沿いの道をひた走った。午後四時半を回って、空がオレンジ色に染まりはじめる。ゆったりと流れる多摩川の川面も、西日を受けてオレンジ色の光を放っている。五位鷺《ごいさぎ》の群れが、魚を探して夕空をぐるぐると飛び回っている。彼らはまぎれもなく自由だ。でも、きっと僕も、同じくらい自由なのだ。

ぴーひょろ。ぴーひょろろ。

いままでよりもずっと鮮やかに、あの日のトンビの声が、耳底に蘇る。

「やばいね、ダンくん」

風に吹かれるアイコちゃんの声も、こころなしか嬉しげだ。

「うん、やばいわ、最高にやばい」

でも、いいんだわ、これで――

ひとり呟いて僕は、世田谷の自宅に向かってハンドルを切る。今日の会社での話し合いの結果がどうあれ、僕はもう、自分の人生を自分の足で歩むしかないのだから。もう二度と、自分に嘘をつかずに、風に吹かれるまま生きるのだ。そう、あの日、夏空に輪を描いていたトンビのように。多摩川の川面を飛び回る、五位鷺のように。

＊

家に帰ると、沈鬱な顔の兄と、どこかやり切った風情の母が、ダイニングルームのソファに座っていた。

「ただいま」

と声をかけると、母が顔を上げた。兄はうつむいたままだ。

「まあ、駄目だったわ。完敗よ。Fさん、見事に裏切ってくれたわ。ショウが頑張ってくれたんだけどね」

母の声は、思いのほか沈んではいなかった。

「Fさんは最初から、ファンドと組んでウチらを追い出すつもりだったんだよ」

と、兄が忌々しさを隠さずに吐き捨てる。

「……どういうこと？」

僕の問いに、兄は一度軽く咳払いをして、早口で事の顚末を語ってくれた。

今日の話し合いは、もはや「話し合い」の体《てい》をなさなかったらしい。京橋の本社社長室には、Fさんにくわえて例のファンドのオランダ人代表も待ち構えていた。そして、母と兄に対して「あなた方が株を手放さなければ、メインバンクとの債権譲渡契約の履行は不可能となり、結果として会社は解体され、従業員が路頭に迷うことになる」と脅しにも近い説明をした。代理人弁護士を従えた相手に対して、母と兄は丸腰だ。兄は大学院で得た経営学の知識を使って、精一杯の抵抗を試みたものの、押し切られてしまったらしい。

「――あんなのはどう考えても法律上ありえない。限りなく黒に近いグレーな話だ。いずれ俺たちが訴訟を提起すれば、絶対に勝てる」

兄は憤懣やるかたない様子で、リベンジのための策をめぐらせているようだ。

「まあ、なにはともあれ、これであたしたちの後ろにはなにもなくなったってわけ」

母はやはり、どこか清々しさすら感じさせる声で言った。僕はただ、

「うん。わかった」

と答えた。


戦いを終えたる者のふかぶかと吐く息　いつか竜巻となれ

「ああ、そうだ。ダン、ちょっと」

と、母が思いついたように、ダイニングを出ようとしていた僕を呼び止めた。

「なに?」

「台湾、住んでみるのもいいかもね」

思いがけぬ言葉に、「え?」と訊き返す。

「あたしたち、これからは完全にあたしたちだけの力で生きていかなきゃいけないでしょ。あなたが台湾で語学力と人脈を得て、いずれビジネスを起こすこともできるかもしれない。それに、もうあなたを縛るものはなにもないから。行きたいなら、行きなさい」

力強い声で、母が言う。

「うん。そうする。俺、台湾に行くよ。だって、もう自由だからね」

僕の答えを聞いた母はなにも言わずに頷いて、僕を見据えてにっこりと笑った。

母の笑顔と、潮風を受けて微笑むアイコちゃんの横顔が、だぶって見えた。

終、僕は恋しか歌えない

「おかえり」

「うわあ！」

羽田空港の国際線到着ロビーに出たところで、突然肩を叩かれる。驚いた僕は思わず声を上げてしまった。振り向くと、真っ黒に日焼けした背の高い青年が、満面に笑みを浮かべて立っていた。

「そんな驚かんでええやろ！　しかしダンちゃん、めっちゃ痩せたなあ」

少し鼻にかかった早口の大阪弁を聞いて、やっと僕の「彼氏」のテツだと気がついた。最後に会ったときと比べてあまりに日焼けしているうえに、漆黒だった髪が茶色に染められていて、一瞬誰なのかわからなかった。目が覚めるほど赤いNIKEのTシャツにも、見覚えがない。体も、ずいぶんがっしりしたように見える。なにより、真っ黒な顔の口元から覗く白い歯が、まぶしくてたまらない。

「テツは……、すげえ焼けたね。それに、なんかデカくなってる」

「毎週中坊たちと野球しとるからなあ。トレーニングも一緒にやっとんねん。せやから筋肉ついたんかな」

公立学校で体育教師をしているテツが、半年ほど前に中学生を集めて少年野球チームを作った、という話は聞いていた。しかし、いくら毎週運動をするようになったからと言って、こんなにも変わるものだろうか。肉体の変化にくわえて、なんだか纏う雰囲気が、以前よりも若々しくなった気がする。そして僕は、コロナ禍のせいでテツと会えなかった一年半という時間の重さを噛みしめる。

「重いやろ。ほら、貸して」と言って、テツが僕の手からヴィトンのボストンバッグを奪いとる。ほな行こか、と駐車場に向かって歩き出すテツの背中は、以前と別人のようにたくましい。


テツと出会ったのは三年前、恵比寿の行きつけのバーだった。思いがけず短歌の新人賞を受賞してデビューした僕は日本での仕事が増えて、東京と台北を毎月半分ずつ往復するようになっていた。ただ、あの頃の僕は、恋に疲れていた。

——ダン君はさ、俺に恋をしてるんじゃない。恋に恋してるんだよ。

そう言い残して去って行った前の彼氏のことを、ずっと忘れられずにいた。彼との思い出にまみれた自分の歌集を読み返しては、ため息ばかりついていた。あの日も、カウンターの隅っこでひとり自著のページをめくりながら、前彼のことを思い出していた。奥のソファ席でわいわいと楽しげに飲んでいる男女五人組には興味がなかったし、むしろ内心では「うるさい連中だな」と疎ましく思っていた。グループの中のひときわにぎやかな青年の「ちょっと！　そこのお兄さんもこっちで一緒に飲まへん？」という唐突な誘いに応じたのは、本当

リで誘っただけだ。

のも、もともと約束していた友達からドタキャンを食らったタイミングで連絡が来たからノにただの気まぐれだった。連絡先を交換したのも気まぐれだし、翌週ふたりで食事に行った

麻布十番の割烹の個室で石狩鍋をつつきながら「ゲイだ」と打ち明けたのは、どんな反応をするのか見てみたかった、というちょっとしたいたずら心からだったし、帰り際に「試しに俺と付き合ってよ」なんて言ってしまったのは……、たぶん、酒の勢いだ。とにかく僕は、テツに恋したわけではなかった。ただ、お互いの「ノリ」や「気まぐれ」が重なった結果、三年という時間が経ってしまっただけなのだ。そしてそのことが、ずっと心に引っかかっていた。

テツもまた前彼と同じく、ゲイじゃない。僕より六つ年下だから、出会ったころはまさしく結婚適齢期だった。あの日、僕と出会わなければ。僕の気まぐれに付き合わなければ。ひょっとしたらいま頃、絵にかいたような幸福な家庭を築いていたかもしれない。そう思うと、なんだかとても後ろめたい気持ちになる。母にも、テツと付き合っていることは打ち明けていない。

世界的なパンデミックのせいとはいえ、僕は一年半ものあいだ、テツを日本に残したまま会わずにいた。そしてそれを、「寂しい」と感じなかった。なのに、テツはこうして空港まで迎えに来てくれる。僕のほうはというと、激しく恋い焦がれた前彼のときと違って、テツのことを歌にしたことすらないのに——。

「ねえ、テツ」

僕は、駐車場に向かうテツに呼びかける。

「ん？」

見違えるほどたくましくなったテツが、歩みを止めて振り返る。

「なんか……、いろいろごめんね」

なにに対して謝っているのかわからないけれど、僕はとにかく謝りたかった。テツは一瞬きょとんとしたあと、ふうっと大きく息を吐き、持っていたボストンバッグをどすんと床に落とす。僕はテツの顔を見るのがなんだか怖くなって、駐車場の床に転がったボストンバッグを見つめる。

「……しゃあないな。ほら」

呆れたような声が聞こえてすぐ、僕のからだがあたたかいなにかに包まれる。甘い香りが、鼻をくすぐる。テツが、ずっと愛用しているココナッツのボディミストの匂いだ。僕は、テツの胸の中にいた。

「ダンちゃん」

「なに？」と問いたいのに、きつく抱きしめられているせいで、声が出ない。

「ほんまに、おかえり。帰って来てくれて、ありがとうな」

息が苦しい。胸が痛い。鼓動が、どんどん速くなってゆく。なんだろう、この感じ。僕は、この苦しさを知っている。

「馬鹿だ、俺」

僕がどうにか発した声は、くぐもっていて聞こえないはずなのに、テツが「せやなあ。アホやな、ダンちゃんは」と笑いながら言う。

僕は、本当に馬鹿だ。

三年越しに、いまさらテツに恋したなんて。

いや、本当は、きっと、とっくにずっと前から、恋に落ちていたのだ。

二元論が嫌いだった。カテゴリが嫌いだった。男とか女とか、ノンケとかゲイとか。そんなのどうでもいい、と思っていたはずだった。でも結局は、僕自身が二元論とカテゴリに搦めとられていたのだ。テツはノンケだ。でも、こうしていま、僕を抱きしめてくれている。一点の曇りもないぬくもりを、僕の心に注いでくれている。どうしてこのぬくもりを、信じて来なかったのだろう。僕は馬鹿だ、本当に。

言葉などなくていいから　その胸の甘い真っ赤な熱でいいから

車内に流れる曲が、ミスチルの「CANDY」から「名もなき詩」に移った途端、テツが一気にスピードを上げる。首都高羽田線に並走するモノレールを、あっという間に追い抜き、車は都心環状線へと入る。

僕は、東京タワーのオレンジ色の光にあわく照らされた、テツの日に焼けた横顔を見つめる。

秋が深まったら、テツを母に紹介しよう、と思う。

初出

「yom yom」vol.57〜vol.68
「十一、たったひとりの」「終、僕は恋しか歌えない」は書き下ろしです。
単行本化にあたり、「我とひとしき人しなければ」を改題しました。

カバー写真／青山裕企

僕《ぼく》は失《な》くした恋《こい》しか歌《うた》えない

著者
小佐野《おさの》 彈《だん》

発行
2021年11月30日

発行者｜佐藤隆信

発行所｜株式会社新潮社
〒162-8711
東京都新宿区矢来町71
電話　編集部 03-3266-5411
　　　読者係 03-3266-5111
https://www.shinchosha.co.jp

装幀｜新潮社装幀室

印刷所｜錦明印刷株式会社

製本所｜加藤製本株式会社

ISBN978-4-10-354311-4　C0093